Treino em reconhecimento de emoções

SÉRIE
PSICOLOGIA E NEUROCIÊNCIAS

EDITORES DA SÉRIE
Cristiana Castanho de Almeida Rocca
Telma Pantano
Antonio de Pádua Serafim

Treino em reconhecimento de emoções

AUTORAS
Lívia de Castro Rocha
Jessica dos Reis Leite Bitencourt Cardoso
Miriam Cristiane de Souza Campos
Lany Leide de Castro Rocha Campelo
Telma Pantano
Cristiana Castanho de Almeida Rocca

manole
editora

A edição desta obra foi financiada com recursos da Editora Manole Ltda., um projeto de iniciativa da Fundação Faculdade de Medicina em conjunto e com a anuência da Faculdade de Medicina da Universidade de São Paulo – FMUSP.

Logotipos   *Copyright* © Faculdade de Medicina da Universidade de São Paulo
              Copyright © Hospital das Clínicas – FMUSP
              Copyright © Instituto de Psiquiatria

Editora: Juliana Waku
Projeto gráfico: Departamento Editorial da Editora Manole
Capa: Ricardo Yoshiaki Nitta Rodrigues
Ilustrações: Freepik, Isabel Cardoso, iStockphoto

CIP-BRASIL. CATALOGAÇÃO NA PUBLICAÇÃO
SINDICATO NACIONAL DOS EDITORES DE LIVROS, RJ

T722

Treino em reconhecimento de emoções / Lívia de Castro Rocha ... [et al.] ; editores da série Cristiana Castanho de Almeida Rocca, Telma Pantano, Antonio de Pádua Serafim. - 1. ed. - Santana de Parnaíba [SP] : Manole, 2021.
    23 cm. (Psicologia e neurociências)

    Inclui bibliografia e índice
    ISBN 978-65-5576-414-7

    1. Neuropsicologia pediátrica. 2. Funções executivas (Neuropsicologia). 3. Emoção e cognição. 4. Emoção em crianças. I. Rocha, Lívia de Castro. II. Rocca, Cristiana Castanho de Almeida. II. Pantano, Telma. III. Serafim, Antonio de Pádua. IV. Série.

-21-69237   CDD: 618.928
                CDU: 616.89-008.44-053.2

Leandra Felix da Cruz Candido - Bibliotecária - CRB-7/6135

1ª edição – 2021; reimpressão – 2023

Editora Manole Ltda.
Alameda América, 876
Tamboré – Santana de Parnaíba – SP – Brasil
CEP: 06543-315
Fone: (11) 4196-6000
www.manole.com.br | https://atendimento.manole.com.br/

Impresso no Brasil
Printed in Brazil

EDITORES DA
SÉRIE PSICOLOGIA E NEUROCIÊNCIAS

Cristiana Castanho de Almeida Rocca

Psicóloga Supervisora do Serviço de Psicologia e Neuropsicologia e em atuação no Hospital Dia Infantil do Instituto de Psiquiatria do Hospital das Clínicas da Faculdade de Medicina da Universidade de São Paulo (IPq-HCFMUSP). Mestre e Doutora em Ciências pela FMUSP. Professora Colaboradora na FMUSP e Professora nos cursos de Neuropsicologia do IPq-HCFMUSP.

Telma Pantano

Fonoaudióloga e Psicopedagoga do Serviço de Psiquiatria Infantil do Hospital das Clínicas da Faculdade de Medicina da Universidade de São Paulo (HCFMUSP). Vice-coordenadora do Hospital Dia Infantil do Instituto de Psiquiatria do HCFMUSP e especialista em Linguagem. Mestre e Doutora em Ciências e Pós-doutora em Psiquiatria pela FMUSP. Master em Neurociências pela Universidade de Barcelona, Espanha. Professora e Coordenadora dos cursos de Neurociências e Neuroeducação pelo Centro de Estudos em Fonoaudiologia Clínica.

Antonio de Pádua Serafim

Professor do Departamento de Psicologia da Aprendizagem, do Desenvolvimento e da Personalidade e Professor do Programa de Neurociências e Comportamento no Instituto de Psicologia da Universidade de São Paulo (IP-USP). Diretor Técnico de Saúde do Serviço de Psicologia e Neuropsicologia e do Núcleo Forense do Instituto de Psiquiatria do Hospital das Clínicas da Faculdade de Medicina da Universidade de São Paulo (IPq-HCFMUSP) entre 2014 e 2022.

AUTORAS

Lívia de Castro Rocha

Psicóloga. Aprimoramento e Especialização em Psiquiatria Infantil e Adolescência pelo Instituto de Psiquiatria do Hospital das Clínicas da Faculdade de Medicina da Universidade de São Paulo (IPq-HCFMUSP). Pesquisadora do Hospital Dia Infantil do IPq-HCFMUSP.

Jessica dos Reis Leite Bitencourt Cardoso

Psicóloga pela Universidade Presbiteriana Mackenzie. Especialista em Neuropsicologia no Contexto Hospitalar pelo Instituto de Psiquiatria do Hospital das Clínicas da Faculdade de Medicina da Universidade de São Paulo. Atualmente trabalha na Saúde Pública compondo a equipe multidisciplinar Núcleo Ampliado de Saúde da Família (NASF).

Miriam Cristiane de Souza Campos

Psicóloga, especialista em Neuropsicologia no Contexto Hospitalar pelo Instituto de Psiquiatria do Hospital das Clínicas da Faculdade de Medicina da Universidade de São Paulo (IPq-HCFMUSP). Pesquisadora na temática de Reconhecimento de Emoções em pacientes psicóticos no IPq-HCFMUSP.

Lany Leide de Castro Rocha Campelo

Enfermeira. Docente do curso de bacharelado em Enfermagem da Universidade Federal do Piauí, Campus Senador Helvídio Nunes de Barros (UFPI/CSHNB). Mestre e Doutora em Ciências pela Escola de Enfermagem da Universidade de São Paulo (EEUSP). Pesquisadora na área de Enfermagem de Família e Enfermagem em Saúde Mental Infantojuvenil.

Telma Pantano

Fonoaudióloga e Psicopedagoga do Serviço de Psiquiatria Infantil do Hospital das Clínicas da Faculdade de Medicina da Universidade de São Paulo (HCFMUSP). Vice-coordenadora do Hospital Dia Infantil do Instituto de Psiquiatria do HCFMUSP e especialista em Linguagem. Mestre e Doutora em Ciências e Pós-doutora em Psiquiatria pela FMUSP. Master em Neurociências pela Universidade de Barcelona, Espanha. Professora e Coordenadora dos cursos de Neurociências e Neuroeducação pelo Centro de Estudos em Fonoaudiologia Clínica.

Cristiana Castanho de Almeida Rocca

Psicóloga Supervisora do Serviço de Psicologia e Neuropsicologia e em atuação no Hospital Dia Infantil do Instituto de Psiquiatria do Hospital das Clínicas da Faculdade de Medicina da Universidade de São Paulo (IPq-HCFMUSP). Mestre e Doutora em Ciências pela FMUSP. Professora Colaboradora na FMUSP e Professora nos cursos de Neuropsicologia do IPq-HCFMUSP.

SUMÁRIO

APRESENTAÇÃO DA SÉRIE
PSICOLOGIA E NEUROCIÊNCIAS

O processo do ciclo vital humano se caracteriza por um período significativo de aquisições e desenvolvimento de habilidades e competências, com maior destaque para a fase da infância e adolescência. Na fase adulta, a aquisição de habilidades continua, mas em menor intensidade, figurando mais a manutenção daquilo que foi aprendido. Em um terceiro estágio, vem o cenário do envelhecimento, que é marcado principalmente pelo declínio de várias habilidades. Este breve relato das etapas do ciclo vital, de maneira geral, contempla o que se define como um processo do desenvolvimento humano normal, ou seja, adquirimos capacidades, estas são mantidas por um tempo e declinam em outro.

No entanto, quando nos voltamos ao contexto dos transtornos mentais, é preciso considerar que tanto os sintomas como as dificuldades cognitivas configuram-se por impactos significativos na vida prática da pessoa portadora de um determinado quadro, bem como de sua família. Dados da Organização Mundial da Saúde (OMS) destacam que a maioria dos programas de desenvolvimento e da luta contra a pobreza não atinge as pessoas com transtornos mentais. Por exemplo, 75 a 85% dessa população não tem acesso a qualquer forma de tratamento da saúde mental. Deficiências mentais e psicológicas estão associadas a taxas de desemprego elevadas a patamares de 90%. Além disso, essas pessoas não têm acesso a oportunidades educacionais e profissionais para atender ao seu pleno potencial.

Os transtornos mentais representam uma das principais causas de incapacidade no mundo. Três das dez principais causas de incapacidade em pessoas entre as idades de 15 e 44 anos são decorrentes de transtornos mentais, e as outras causas são muitas vezes associadas com estes transtornos. Estudos tanto prospectivos quanto retrospectivos enfatizam que de maneira geral os transtornos mentais começam na infância e adolescência e se estendem à idade adulta.

Tem-se ainda que os problemas relativos à saúde mental são responsáveis por altas taxas de mortalidade e incapacidade, tendo participação em cerca de 8,8 a 16,6% do total da carga de doença em decorrência das condições de saúde em países de baixa e média renda, respectivamente. Podemos citar como exemplo a ocorrência da depressão, com projeções de ser a segunda maior causa de incidência de doenças em países de renda média e a terceira maior em países de baixa renda até 2030, segundo a OMS.

Entre os problemas prioritários de saúde mental, além da depressão estão a psicose, o suicídio, a epilepsia, as síndromes demenciais, os problemas decorrentes do uso de álcool e drogas e os transtornos mentais na infância e adolescência. Nos casos de crianças com quadros psiquiátricos, estas tendem a enfrentar dificuldades importantes no ambiente familiar e escolar, além de problemas psicossociais, o que por vezes se estende à vida adulta.

Considerando tanto os declínios próprios do desenvolvimento normal quanto os prejuízos decorrentes dos transtornos mentais, torna-se necessária a criação de programas de intervenções que possam minimizar o impacto dessas condições. No escopo das ações, estas devem contemplar programas voltados para os treinos cognitivos, habilidades socioemocionais e comportamentais.

Com base nesta argumentação, o Serviço de Psicologia e Neuropsicologia do Instituto de Psiquiatria do Hospital das Clínicas da Faculdade de Medicina da Universidade de São Paulo, em parceria com a Editora Manole, apresenta a série Psicologia e Neurociências, tendo como população-alvo crianças, adolescentes, adultos e idosos.

O objetivo desta série é apresentar um conjunto de ações interventivas voltadas para pessoas portadoras de quadros neuropsiquiátricos com ênfase nas áreas da cognição, socioemocional e comportamental, além de orientar pais e professores.

O desenvolvimento dos manuais da Série foi pautado na prática clínica em instituição de atenção a portadores de transtornos mentais por equipe multidisciplinar. O eixo temporal das sessões foi estruturado para 12 encontros, os quais poderão ser estendidos de acordo com a necessidade e a identificação do profissional que conduzirá o trabalho.

Destaca-se que a efetividade do trabalho de cada manual está diretamente associada à capacidade de manejo e conhecimento teórico do profissional em relação à temática a qual o manual se aplica. O objetivo não representa a ideia de remissão total das dificuldades, mas sim da possibilidade de que o paciente e seu familiar reconheçam as dificuldades peculiares de cada quadro e possam desenvolver estratégias para uma melhor adequação à sua realidade. Além disso, ressaltamos que os diferentes manuais podem ser utilizados em combinação.

CONTEÚDO COMPLEMENTAR

Os *slides* coloridos (pranchas) em formato PDF para uso nas sessões de atendimento estão disponíveis em uma plataforma digital exclusiva:

manoleeducacao.com.br/conteudo-complementar/saude

Utilize o *QR code* abaixo, digite o *voucher* SOCIOEMOCIONAL (maiúsculas) e cadastre seu *login* (*e-mail*) e senha para ingressar no ambiente virtual.

O prazo para acesso a esse material limita-se à vigência desta edição.

INTRODUÇÃO

O que são emoções e qual a importância de aprender a reconhecê-las?

A emoção é um sistema ágil de processamento de informações que possibilita que os indivíduos realizem ações de maneira imediata, porém, para que ocorra a ação é necessário avaliar e reconhecer as variáveis do ambiente[1]. As emoções são motivadoras para solução de problemas, mudanças de atitudes, além de revelar as necessidades de um indivíduo[2]. Derivam de interações complexas entre fisiologia e meio ambiente, como os estímulos sensoriais, circuitos encefálicos, experiências passadas e atividades de sistemas neurotransmissores[3].

O estudo da identificação das emoções por meio da face iniciou-se com Darwin, com o livro intitulado A expressão das emoções no homem e nos animais. Nessa obra, Darwin defendeu que algumas expressões faciais humanas e a comunicação por meio da face são inatas e universais entre as diferentes culturas[4]. Aproximadamente um século mais tarde, Ekman[5] confirmou esses achados por meio de pesquisas científicas com uma comunidade que vivia em uma caverna completamente isolada do convívio com outras culturas. Constatou-se que há uma estrutura básica da linguagem expressiva comum que independe da cultura, como choro em ocasiões tristes e riso em ocasiões alegres.

A face é o primeiro mecanismo propagador de mensagens entre os seres humanos, pois através dela conseguimos identificar o gênero, o humor e as emoções do outro. Ademais, por meio da face é possível verificar a intensidade na qual a emoção é sentida. Por ser algo observável, torna-se mais difícil encobri-las como na voz, em que o sujeito pode optar por não falar[5,6].

O reconhecimento de emoções é algo indispensável na construção de habilidades fundamentais ao funcionamento social. Identificar e reconhecer as emoções de maneira efetiva possibilita qualidade na comunicação, satisfação nas interações sociais e modulação do comportamento, pois permite lidar de maneira mais adaptada ao meio[7-9].

Aprender a reconhecer as emoções permite a regulação emocional, ou seja, faz com que os indivíduos percebam, classifiquem, utilizem, compreendam e saibam manejar as emoções. Essa habilidade possibilita a resolução de problemas, a tomada de decisões, o cumprimento de metas e o controle das emoções. Além disso, acolher todas as emoções, sejam elas positivas ou negativas, proporciona interpretações realistas, maior qualidade de vida e faz com que as pessoas reajam emocionalmente de modo adequado às diversas situações do cotidiano[2].

Diferenciando emoções de sentimentos

Emoções e sentimentos são termos que podem causar confusão, pois, mesmo tendo uma alta conexão, são conceitos distintos. Para Damásio[10], todos os sentimentos serão originados a partir de uma emoção, mas nem todos os sentimentos vão gerar uma emoção.

As emoções são um conjunto de respostas cognitivas, fisiológicas e comportamentais que ocorrem de maneira automática e inconsciente. Elas surgem a partir de um estímulo com alta significação, podendo esse estímulo ser positivo ou negativo. As emoções fazem com que haja alterações no sistema nervoso central, pois modificam funções cognitivas como a atenção, a memória e até funções executivas (em especial a capacidade de tomada de decisão). Além disso, o aparecimento das emoções também provocam respostas do sistema musculoesquelético, do sistema nervoso autônomo e do sistema endócrino, envolvendo, portanto, todo o organismo de um indivíduo e motivando-o a realizar uma ação[11].

Os sentimentos são os significados que o cérebro dá as alterações provocadas pelo estado emocional. Os sentimentos ocorrem de maneira consciente e envolvem basicamente as leituras e interpretações acerca da percepção das emoções. Outro fator relevante é que os sentimentos permitem a antecipação e o planejamento de comportamentos, pois podem provocar o aprendizado diante situações que abarcam reações emocionais. Eles também recrutam habilidades cognitivas e possibilitam respostas um pouco mais adaptadas às situações tanto seguras quanto perigosas[11].

Diante dos conceitos de emoção e sentimentos, é possível observar a importância de ambos na obtenção de satisfação nas interações sociais. Aprender a identificar, nomear e manejar as emoções e os sentimentos pode possibilitar melhor adequação do comportamento e maior habilidade na tomada de decisões e na resolução de problemas práticos do dia a dia.

O reconhecimento de emoções e a cognição social

O reconhecimento de emoções é uma função que compõe a cognição social. O termo cognição social refere-se à capacidade que as pessoas possuem em processar as informações no contexto social, a percepção do outro e o julgamento social para a tomada de decisão[12].

A cognição social é uma construção de múltiplas dimensões e é composta por quatro domínios, sendo um deles o reconhecimento de emoções. Cada um desses domínios envolve habilidades relacionadas à percepção social[12,13]. Os domínios principais da cognição social são: o processamento da emoção (ou reconhecimento de emoções), a teoria da mente, a percepção social e os estilos de atribuição[14,15]. As definições dos domínios estão no Quadro 1.

Quadro I Definições dos domínios da cognição social

Domínio	Definição
Processamento da emoção (reconhecimento de emoções)	Reconhecimento, compreensão e uso das emoções. O reconhecimento pode ser por meio do rosto, da voz ou a combinação dos dois
Teoria da mente	É descrita como a habilidade de inferir e compreender a intenção dos outros, que inclui a compreensão de metáforas, dicas e ironias
Percepção social	Refere-se à capacidade que os indivíduos possuem em verificar as pistas sociais para adequar seu comportamento ao contexto social
Estilos de atribuição	Referem-se à forma como as pessoas explicam as causas dos eventos ocorridos em suas vidas

Adaptado de: Couture et al., 2006[14]; Pinkham et al., 2014[15]; Javed e Charles, 2018[13].

Quais são as emoções básicas? Para que servem cada uma delas?

Mesmo havendo diferenças entre a forma de interagir nas mais variadas culturas, existem evidências que sugerem que as emoções faciais são universais e distintas, sendo consideradas sete emoções como básicas: alegria, tristeza, raiva, surpresa, medo, nojo e desprezo[5].

A alegria é uma emoção agradável que indica satisfação, diversão, euforia e prazer. Ela ressalta sentimentos de valorização, confiança e aceitação. A alegria geralmente inibe pensamentos negativos e está intimamente relacionada ao bem-estar. No rosto, a alegria aparece por meio de sobrancelhas e pálpebras elevadas, olhos dilatados, bochechas contraídas para cima e cantos da boca alargados com a intenção de expressar o conhecido sorriso. É uma emoção de reconhecimento universal e é facilmente identificada pela maior parte da população saudável[5,16,17].

A tristeza sinaliza a angústia, a desesperança, o desespero e a resignação. Geralmente ela surge com a perda, a desvalorização e o desamparo. Tende a ter uma longa duração, mas possibilita que as pessoas possam identificar situações que são prejudiciais visando à proteção individual. Ela permite a reflexão, a modificação de comportamentos e enriquece a experiência de vida. Assim como em todas as outras emoções básicas, a tristeza tem expressões faciais características: as sobrancelhas abaixam e ficam mais próximas; na região dos olhos há rebaixamento das pálpebras superiores e contração das inferiores; as narinas se contraem fazendo uma movimentação descendente e o nariz se movimenta para baixo; as bochechas não se movem e a boca se fecha e se contrai[5,16].

A raiva aparece quando o sujeito se sente desrespeitado, invadido, ofendido, revoltado e indignado. É uma emoção que geralmente está associada à violência, à fúria e à agressão, mas sua principal função é a defesa contra algum tipo de agonia ou ameaça. A raiva ressalta que algo necessita ser mudado, informa a respeito de um problema e permite desenvolver o auto e heteromonitoramento. Geralmente o medo é o que precede a raiva, sendo que a raiva pode amenizar o medo por promover energia para agir e lidar com aquilo que é ameaçador. No corpo, a raiva provoca a elevação do ritmo cardíaco e respiratório e o aumento da pressão sanguínea. Já no rosto ela induz o enrugamento da testa, o franzir de sobrancelhas, o cerrar dos olhos e a contração do nariz, boca e queixo[5,16].

O medo assinala o perigo, a insegurança, a preocupação, o pavor e a fragilidade. Quando o medo aparece, a mente fica concentrada na situação de ameaça e é difícil mudar o foco. Pode ser uma emoção breve, mas também pode durar um período longo. Tem como função fundamental a sobrevivência, pois visa à antecipação de algum dano, seja ele físico ou psíquico, e faz reagir para enfrentar os perigos. As respostas corporais do medo incluem uma imobilização momentânea do corpo e um estado de hipervigilância. No rosto há a dilatação de pupila, afastamento dos lábios em direção às orelhas, elevação das pálpebras superiores e contração das pálpebras inferiores[5,16].

A surpresa é a emoção mais breve, pois possui duração de apenas alguns segundos. Ela envolve uma reação a estímulos breves e inesperados, sejam eles positivos ou negativos e pode se relacionar a outras emoções como medo, alegria ou raiva, pois, quando passado o estado de surpresa, outras emoções podem ou não surgir imediatamente. Na face, a surpresa fica evidente com a elevação de bochechas, olhos semiabertos, dilatação das narinas e a boca aberta em formato de elipse[16].

O nojo exprime majoritariamente a aversão e a repulsa. Ele proporciona a proteção contra exposição a situações ou elementos que causem dano à saúde, como alimentos e odores tóxicos, pode ser ativado ao ver ou ouvir algo que cause aversão e quando há repulsa a ações, ideias ou mesmo a aparência das pessoas. Na face, o nojo se manifesta com o decaimento de sobrancelhas, olhos semicerrados, testa franzida para baixo, queixo contraído para o centro e levantado e boca contraída para dentro de forma a aparentar estar perpendicular[5,16].

A última das sete emoções básicas é o desprezo. Ele se relaciona com o nojo, mas possui suas peculiaridades. Diferente do nojo que envolve alimentos e cheiros, o desprezo é apenas direcionado a pessoas e suas ações. No rosto, ele surge com a elevação do queixo, ligeira elevação de uma parte do canto da boca e contração discreta das pálpebras[5,16]. Para diferenciar o desprezo do nojo, Ekman[5] cita como exemplo o ato de pisar em fezes, pois essa ação faz com que o nojo apareça e não o desprezo. Além disso, "o desprezo expressa poder ou status. Aqueles incertos a respeito do seu próprio status tendem a manifestar desprezo para afirmar sua superioridade sobre os outros"[5] (p. 193).

Embora o amor seja pouco citado como uma emoção básica, ele pode ser incluído junto às emoções anteriores por ser primordial no estabelecimento de vínculos e no relacionamento interpessoal. Através do amor é que se desenvolve a empatia, o apego e o cuidado, e ele indica que o sujeito se sente protegido, acolhido, aceito e validado[18]. Além disso, alguns trabalhos de intervenção e psicoeducação para reconhecimento e regulação das emoções incluem o amor em seus programas. Isso enfatiza a importância dessa emoção para o funcionamento social, pois o amor possibilita o fortalecimento de vínculos, o desenvolvimento da autoestima e a tolerância à frustração[19].

As bases neurais do reconhecimento de emoções

O reconhecimento das emoções por meio do rosto sustenta-se a partir de estruturas neurais específicas que possibilitam a interpretação de estímulos para fornecer uma resposta comportamental adequada[8]. As regiões do córtex visual temporal occipital e posterior desempenham um papel importante no processamento de estímulos social e emocionalmente relevantes[20].

As bases neurais responsáveis pelo reconhecimento de emoções incluem o córtex pré-frontal ventromedial, córtex orbitofrontal, giro fusiforme, sulco temporal superior, amígdala, hipotálamo, córtex somatossensorial, ínsula e gânglios da base[20-23].

As características invariantes da face, como a identidade, estão relacionadas ao giro fusiforme, enquanto as variáveis, como o olhar e a expressão, dependem intimamente de regiões do sulco temporal superior para serem processadas[21].

A amígdala é responsável pela detecção e pela manutenção das emoções relacionadas ao medo. Além disso, permite o reconhecimento do medo pela face e modula o comportamento para obter respostas adequadas ao se detectar uma ameaça, sendo que a amígdala direita tem grande influência na identificação da raiva. O hipotálamo promove as sensações referentes à raiva e à agressividade[23].

A identificação de expressões faciais de alegria é interpretada pela região dos gânglios da base, que incluem o estriado ventral e o putâmen. Essas estruturas também estão relacionadas à sensação de nojo, cujo reconhecimento requer a ativação da ínsula e de regiões do córtex somatossensorial direito[20,23].

As regiões límbicas estão associadas à identificação da tristeza, sendo que as bases neurais que evocam essa emoção estão relacionadas às áreas centrais (giros occipitais inferior e medial, giro fusiforme, giro lingual, giros temporais posteromedial e superior e amígdala dorsal) e córtex pré-frontal dorsomedial[23].

O córtex pré-frontal ventromedial e orbitofrontal estão relacionados à tomada de decisão, planejamento, autorregulação do comportamento, controle inibitório e volição. Estudos observaram que quando há lesões nessas regiões há diminuição na capacidade de responder a punições, maneiras sociais estereotipadas e às vezes inapropriadas (falha na leitura ambiental que inclui dificuldade em entender as emoções pela face), e uma aparente falta de preocupação para com os outros indivíduos. Além disso, a região do córtex pré-frontal medial está relacionada às habilidades que envolvem teoria da mente[21].

A empatia é a habilidade de detectar o que uma outra pessoa está sentindo e reproduzir essa emoção de maneira semelhante no próprio organismo. Para isso é necessário que a capacidade de reconhecimento das emoções pela face esteja preservada. As áreas cerebrais responsáveis pelo reconhecimento de emoções faciais são o córtex somatossensorial e a ínsula; essas regiões permitem uma "correta manipulação da informação necessária para a interpretação e expressão emocional da face e, sobretudo, do olhar"[22].

Reconhecimento de emoções na infância e adolescência

Diversos estudos elucidam sobre como ocorre o desenvolvimento das emoções na infância, demonstrando, por exemplo, que crianças de 2 anos de idade conseguem ajustar seu comportamento a partir dos sinais emocionais fornecidos por outras pessoas no ambiente. Isso ocorre porque é nessa idade que há a maturação dos circuitos associados à amígdala, ao lobo temporal, ao córtex orbitofrontal e ao processamento visual[7,24].

Entretanto, desde o nascimento os bebês são capazes de responder a estímulos afetivos, tanto que nos primeiros 4 meses de vida um bebê consegue discriminar expressões faciais; aos 5 identificam diferenças na entonação da voz; aos 7 meses são capazes de captar informações emocionais mais sutis para combinar rostos e vozes que expressem emoções; aos 12 meses as crianças tornam-se capazes de diferenciar os rostos emocionalmente expressivos dos pais dos de pessoas estranhas, o que lhes possibilita aprender a regular seu próprio comportamento[7,25,26].

Conforme amadurecem, as crianças passam a refinar a habilidade de reconhecer emoções. No estudo de Lawrence et al.[27], que avaliou crianças e adolescentes entre 6 a 16 anos, constatou-se que alegria, tristeza e raiva mantiveram os mesmos níveis de reconhecimento independentemente da idade, não havendo variações dos 6 aos 16 anos. Todavia, quanto ao reconhecimento do medo, nojo e surpresa, os adolescentes foram mais precisos do que as crianças de 6 anos, demonstrando que o amadurecimento permite e melhora a identificação dessas emoções. Nesse estudo, destacou-se ainda que a maturação puberal auxiliou na melhora da identificação da raiva e do nojo e que o gênero também foi um fator de influência no reconhecimento de emoções, visto que pessoas do sexo feminino exibiram maior precisão em comparação ao sexo masculino.

É imprescindível avaliar o reconhecimento de emoções na população infantojuvenil, visto que a constatação de prejuízos nessa capacidade pode estar relacionada a algum transtorno psiquiátrico. Diante disso, a elaboração de estratégias de intervenção que favoreçam e incentivem o desenvolvimento e a regulação emocional pode ser o caminho para promover não apenas a saúde mental, mas uma melhor adaptação da criança/adolescente à vida adulta[27].

Transtornos psiquiátricos e os déficits no reconhecimento de emoções

Déficits no reconhecimento de emoções podem ser encontrados em transtornos psiquiátricos, como nos transtornos do neurodesenvolvimento, em especial o transtorno do espectro autista (TEA). No TEA, um dos principais critérios para diagnóstico é o comprometimento da comunicação e da interação social em múltiplos contextos. Devido ao fato de o reconhecimento de emoções ter alta correlação com o funcionamento social, o estudo dessa temática é bem difundida no TEA, em que há evidentes prejuízos na identificação, no processamento e na prosódia (modulação e entonação da voz) quando se relaciona ao reconhecimento emocional; além de prejuízos também no comportamento pragmático, na linguagem verbal, linguagem não verbal e na elaboração de expressões faciais que objetivam a comunicação[12,28,29].

Apesar dos prejuízos já mencionados, no TEA, não há comprometimento no reconhecimento da alegria. Os prejuízos foram evidenciados apenas no reconhecimento de emoções negativas, como demonstra a metanálise de Uljarevic e Hamilton[30], em que se constatou comprometimento no reconhecimento da tristeza, da raiva e do nojo, e também da surpresa e do medo, sendo este último o mais evidente, dada sua relação com o contato visual precário e com o mau processamento da amígdala.

Ademais, sujeitos com TEA também não são precisos quando se demanda o reconhecimento de emoções em diferentes intensidades, sejam elas altas ou sutis. Entretanto, o estudo de Griffiths et al.[31] indicou que o comprometimento não se limita apenas ao reconhecimento de emoções de intensidade reduzida e corrobora para que as falhas no reconhecimento de emoções no TEA difiram da intensidade da emoção apresentada.

Assim como o TEA, outros transtornos evidenciam falhas no reconhecimento de emoções, como na revisão sistemática de Collin et al.[32], que buscou verificar diversos transtornos com exceção do autismo. Nessa revisão, estudos que analisaram as reações de pessoas com esquizofrenia, transtornos de humor (transtorno bipolar), transtornos de ansiedade (ansiedade generalizada), transtornos alimentares, transtorno de déficit de atenção e hiperatividade (TDAH) e transtornos de conduta constataram dificuldades importantes na identificação emocional. O Quadro 2 demonstra os resultados obtidos nesse estudo.

Quadro 2 Resultados da revisão sistemática de Collin et al.[32]

Transtorno psiquiátrico	Resultados
Esquizofrenia	Menor especificidade para reconhecimento de emoções faciais negativas. A alegria manteve-se preservada
Transtornos de humor (transtorno afetivo bipolar – TAB)	Dificuldade em identificar rostos ameaçadores e tendência a atribuir medo a rostos neutros sem melhora, mesmo com tratamento farmacológico
Transtornos de ansiedade (transtorno de ansiedade generalizada – TAG)	Prejuízos na identificação de emoções positivas ou faces neutras e tendência a atribuir medo a rostos que expressam raiva
Transtornos alimentares (anorexia nervosa)	Déficits no reconhecimento de emoções mesmo após a reestruturação do peso
Transtorno de déficit de atenção e hiperatividade (TDAH)	Identificação de erros no reconhecimento de emoções, todavia o tratamento farmacológico e comportamental visando a reduzir a impulsividade permitiu melhora na identificação de emoções
Transtorno de conduta	Identificação de erros no reconhecimento de medo e tristeza e redução da ativação da amígdala ao visualizar fotos com faces demonstrando emoções negativas e faces tristes *versus* neutras

Adaptado de: Collin et al., 2013[32].

Os resultados do estudo de Collin et al.[32] demonstram a frequente relação entre diferentes transtornos psiquiátricos e prejuízos significativos no reconhecimento de emoções, indicando que a falta de habilidade em reconhecer expressões faciais de forma adequada pode ser um preditor de desordens psiquiátricas, permitindo um diagnóstico diferencial.

Estudo realizado por Silva[33] ressalta ainda que o comprometimento do processamento de emoções por meio da face pode levar o sujeito a realizar ações inapropriadas do ponto de vista social, gerando uma sequência negativa de interações pessoais, como comportamento agressivo ou evitativo.

Crianças que sofreram negligência ou maus-tratos também são propensas a manifestar deficiências no reconhecimento de emoções. Elas exibem um repertório maior em relação a emoções negativas, com limiares mais baixos para o reconhecimento adequado da raiva, uma vez que o indivíduo agredido pode atribuir essa emoção a situações nas quais ela não apareça, como rostos neutros, principalmente nas crianças que sofreram negligência emocional e física[34]. Nas crianças que sofreram abuso sexual há tendência a interpretar faces neutras como emocionalmente expressivas (atribuem como raiva ou desprezo), e esse tipo de abuso impacta não apenas o desenvolvimento cognitivo e emocional, mas a capacidade de desenvolvimento das habilidades sociais[35].

As falhas no reconhecimento de emoções ocasionadas pelas experiências vivenciadas em ambientes opressores favorecem maior adaptabilidade ao meio violento, e maior dificuldade de adaptação a outros contextos devido ao comprometimento da construção de vínculos e da manutenção de relacionamentos interpessoais. A inserção de crianças vítimas de negligência e abusos em programas de reabilitação emocional é fundamental para aumentar as chances de sua reintegração na sociedade e na família[34,35].

Intervenções para o reconhecimento de emoções: perspectivas e possibilidades

As estratégias de intervenção na capacidade de reconhecer emoções são recomendadas para prevenir problemas de saúde mental ou proporcionar tratamentos efetivos para melhor adaptação ao meio aos indivíduos que já possuem algum diagnóstico. A implementação de intervenções precoces permitem o desenvolvimento e/ou a melhoria na habilidade de reconhecer emoções, a regulação emocional, a redução de problemas comportamentais (como agressividade, intolerância à frustração) e a melhora as relações interpessoais[32,36].

Algumas intervenções podem ser realizadas no ambiente escolar e inseridas no currículo do ensino infantil. Muitas delas se mostram eficazes para o desenvolvimento do reconhecimento de emoções, como é o caso do currículo PATHS (*Promoting Alternative Thinking Strategies*), que tem como principal objetivo a melhoria da competência emocional em crianças.

O PATHS tem como público-alvo indivíduos entre 4 e 11 anos de idade e é um modelo curricular voltado ao ensino do gerenciamento do próprio comportamento, proporcionando a habilidade de comunicação e a consciência diante dos sentimentos e emoções. Além disso, auxilia na capacidade de resolução de problemas, amplia o vocabulário emocional e desenvolve habilidades sociais.

Essa intervenção pode ser realizada por professores em sala de aula e inclui diversas tarefas voltadas para a identificação e a nomeação das emoções e sentimentos, além de atividades e técnicas que viabilizam a generalização daquilo que foi aprendido em sala para outros contextos, incluindo o familiar, para o qual há ferramentas e conteúdos específicos[37,38].

Outro tipo de intervenção para o âmbito escolar é o programa ICPS (*I Can Problem Solve*), que visa a aprimorar os processos cognitivos, o desenvolvimento das habilidades sociais e de resolução de problemas e a identificação de emoções e sentimentos em si e no outro. O público-alvo inclui crianças entre 4 e 9 anos e a principal premissa é que a criança tenha autonomia e aprenda a resolver um determinado problema sem auxílio do professor.

O ICPS tem um total de 59 sessões de 20 minutos e se vale de jogos, histórias, fantoches, ilustrações e dramatizações para auxiliar as crianças na aquisição de um vocabulário emocional e na resolução de problemas, aprendendo a visualizar alternativas e consequências relacionadas a uma determinada ação. O programa envolve também os pais das crianças, oferecendo-lhes exercícios que permitem refletir sobre suas próprias emoções e sobre as ações dos seus filhos, tornando o aprendizado mais consistente[36,39].

Existem projetos de intervenção para psicopatologias específicas, como a esquizofrenia e o TEA. O *"Cinemotion"*, descrito no estudo de Sevos et al.[40], é um programa de intervenção projetado para pessoas com esquizofrenia, cujo objetivo é melhorar a capacidade de reconhecimento e expressão das emoções faciais, a partir da visualização de trechos de filmes em vez de fotografias para simular a vida real.

No *"Cinemotion"*, as intervenções são grupais e envolvem o treino do reconhecimento de cinco das sete emoções básicas: alegria, tristeza, medo, raiva e nojo. Os treinos são semanais e possuem duração de 90 minutos. Cada emoção é treinada durante duas sessões, finalizando na décima semana. Em seu estudo envolvendo um grupo intervenção (16 pacientes) e um grupo controle (15 pacientes), Sevos et al.[40] verificaram no grupo intervenção melhora no reconhecimento e na expressão das emoções, principalmente tristeza, raiva e nojo.

Treinos de reconhecimento de emoções aplicados no TEA também se mostram efetivos nessa população. Um exemplo de intervenção eficaz para crianças com TEA é uma série animada chamada *The Transporters*, que foi projetada para melhorar a capacidade de compreensão emocional. Essa série consiste na apresentação de um DVD com oito personagens, todos eles sendo veículos de brinquedo com rostos humanos reais expressando emoções. O tempo de tratamento variou entre 4 e 6 semanas em alguns estudos, mas constaram que depois dessa intervenção a capacidade de reconhecimento de emoção melhorou nas crianças com autismo. Tais resultados ressaltaram a importância de mecanismos de intervenção para o reconhecimento de emoções nesses indivíduos[41,42].

Diante dos exemplos de intervenção para os mais variados tipos de população e psicopatologias, é possível identificar que mesmo não havendo padronização – devido à heterogeneidade de cada grupo – é imprescindível treinar e desenvolver essa habilidade essencial para a interação humana. Além disso, como já mencionado, um treino efetivo de reconhecimento de emoções permite a regulação emocional e a adequação do comportamento, visto que essa habilidade permite melhor satisfação no meio social.

COMO ESTE MANUAL ESTÁ ORGANIZADO

Habilidades socioemocionais pelo reconhecimento das emoções (HSE-RE): face, corpo e linguagem

Objetivo

As sessões descritas contemplam o reconhecimento e a identificação das emoções nas expressões corporais, faciais, vocais, bem como as situações que as desencadeiam e as mantêm. O principal objetivo é possibilitar que crianças e adolescentes aprendam a reconhecer, nomear e regular as emoções nas mais variadas situações do cotidiano, permitindo maior adaptabilidade ao meio.

Público-alvo

Crianças e adolescentes (entre 9 e 17 anos de idade).

Aplicação

Em grupo ou individual.

Tempo por sessão

Aproximadamente 90 minutos, com a possibilidade de fragmentação, caso o profissional necessite de adaptações relacionadas ao tempo.

Estrutura das sessões

Este manual é dividido em 12 sessões, destinadas a trabalhar as sete emoções básicas e a emoção/sentimento de amor. Cada sessão é subdivida em momentos que consistem em psicoeducação, vivência e revisão.

SESSÃO 1 – PSICOEDUCAÇÃO: NOSSAS EMOÇÕES!

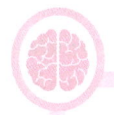

Objetivos

- Definir emoções e sentimentos.
- Estimular a nomeação adequada das emoções e sentimentos.
- Identificar a comunicação verbal e não verbal nas emoções e sentimentos.
- Pensar sobre emoções e sentimentos, considerando que a vivência adequada de cada emoção reflete de forma significativa na autorregulação emocional.

Material necessário

- *Slides* da Sessão 1.
- Folha de papel sulfite.
- Lápis ou caneta.
- Cartões de faces das emoções.

O material visual de apoio está disponível no conteúdo complementar, porém, para que esse momento seja efetivo, lembre-se de apresentá-lo da forma mais criativa possível aos participantes. Se desejar aprofundar-se mais no conteúdo a ser apresentado, releia a seção "Introdução" deste manual, onde estão descritas outras de nossas bases bibliográficas.

Momento 1 – "Conversando sobre as emoções" – Psicoeducação

Nesta sessão, pretende-se que as crianças e adolescentes reflitam sobre o que são emoções, permitindo-lhes descrever e definir o que entendem sobre o termo.

Não raramente suas reflexões remetem a elementos sensoriais relacionados a reações corporais resultantes de estímulos ambientais. Partindo desse princípio, após lançar a pergunta "O que são emoções?", observe o que as respostas das crianças têm em comum e, então, se este for o caso, reafirme que as emoções provocam reações corporais e faciais por ativarem algumas regiões específicas do cérebro (*slides* 1.2 e 1.3).

Nessa ocasião, evidencie as alterações fisiológicas realçadas nas emoções, como: batimentos cardíacos acelerados, sudorese, taquicardia, mudanças no olhar, na coloração da pele, como na emoção do amor, ou palidez, como na emoção do medo, nas expressões faciais, na postura, no tom de voz[43]; e para exercitar, use o jogo "Adivinhe a emoção" descrito a seguir a fim de que o grupo perceba as mudanças que as emoções provocam no rosto, no olhar, nos gestos e no tom de voz. Veja as ilustraçõeses nos *slides* 1.4 e 1.5.

Jogo inicial – Adivinhe a emoção

São apresentadas as imagens de expressões faciais de diferentes emoções, e cada jogador deve escolher uma e não dizer aos outros jogadores qual emoção escolheu. O jogador deve falar a frase "Eu estou emocionado" e realizar a expressão facial, corporal e a prosódia entonacional e linguística correspondente à emoção que escolheu. Os demais jogadores devem levantar cartões com notas de 0 a 5 de acordo com as possibilidades de reconhecimento da emoção-alvo. O jogador deve então verificar se todos os outros compreenderam sua representação.

Apresente a definição de emoção explicando que envolve comportamentos verbais e não verbais, com alterações na respiração, na temperatura, nos batimentos cardíacos, entre outras alterações fisiológicas específicas para cada tipo de emoção (*slides* 1.6 e 1.7).

Explique que é possível identificar a emoção que outra pessoa está sentindo a partir da observação dos seus gestos, postura, entonação de voz e mudanças na face, e que tudo isso acontece porque as emoções provocam reações e alterações dentro do corpo das pessoas:

- Reações no sistema motor: reflexas ou involuntárias e voluntárias, provocando mudanças na expressão facial e nos movimentos do corpo, na entonação da voz.
- Reações no sistema autônomo – provocam a aceleração ou a diminuição da frequência respiratória, dos batimentos cardíacos.

- Reações no sistema endócrino: provocam a liberação de hormônios como adrenalina e noradrenalina, que envolvem alterações no sistema nervoso autônomo[43].

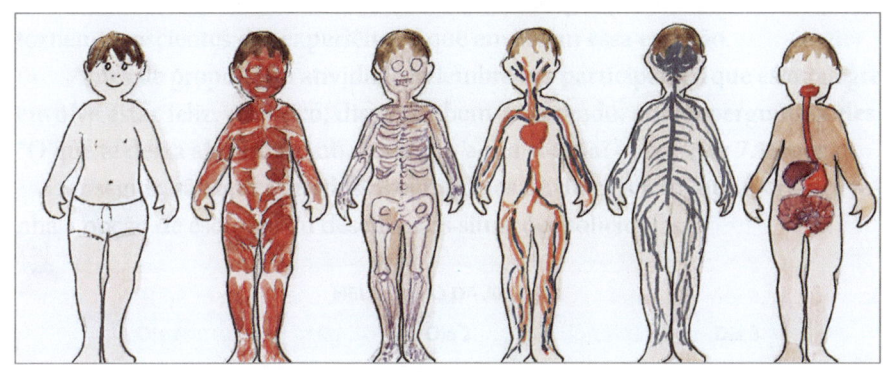

FIGURA 1 Imagens meramente ilustrativas das alterações corporais internas ao vivenciar uma emoção, tais como musculoesqueléticas (como postura), sistema nervoso autônomo (respiração, circulação sanguínea, temperatura do corpo, digestão) e liberações hormonais.

FIGURA 2 Imagem meramente ilustrativa das expressões emocionais faciais e gestuais.

Peça que imaginem o que seria dos seres humanos ou até mesmo dos animais se não tivessem emoção. Auxilie o grupo a refletir qual a importância de reconhecer emoções e como isso se relaciona com nossas ações no dia a dia, na regulação das nossas emoções ao percebê-las, identificá-las, compreendê-las e manejá-las; permite a resolução de problemas, tomar decisões, cumprir metas, controlar as emoções. Aceitar as emoções positivas ou negativas contribui para maior qualidade de vida, maior contato com a realidade, faz com que as pessoas reajam emocionalmente de modo apropriado às situações do cotidiano[2]. Siga apresentando os *slides* 1.8 e 1.9.

Proponha que os participantes descrevam situações e suas relações com emoções e mostre que quaisquer decisões ou planejamentos feitos sem considerar as emoções trarão resultados disruptivos e os objetivos não serão alcançados. Por exemplo, para ter um celular, o que é necessário considerar? Como se planejar para essa compra? Consigo guardar todo o dinheiro e abrir mão de pequenas satisfações mensais até conquistá-lo? Qual planejamento daria mais certo? Veja os *slides* 1.11 e 1.12:

1. Pegar todo o dinheiro da minha mesada durante 5 meses sem sair, gastar com passeios e/ou lanches, ficando em casa para economizar.
2. Reduzir meus gastos com saídas, mas deixar 1 passeio pago por mês e sair para lugares onde não precise gastar, demorando 7 meses para conseguir o celular?

Discuta os prós e contras de cada situação, levando em conta a satisfação interna e a manutenção dos relacionamentos sociais. Apresente reflexões sobre os possíveis desajustes emocionais que podem surgir ao desconsiderarmos momentos de alegria, diversão e felicidade, tão essenciais para a nossa saúde e bem--estar. Consulte os *slides* 1.13 a 1.15.

Momento 2 – E na mente? Como as emoções e sentimentos se manifestam?

Algumas emoções originam sensações de prazer, bem-estar, que aumentam as possibilidades de repetição dos comportamentos que as provocam, porém, outras desprazerosas evocam ações que objetivam extinguir essas sensações desagradáveis. As emoções provocam alterações cognitivas no cérebro, como na atenção, memória, percepção e na capacidade de se tomar decisões[43]. Portanto, é possível que algumas emoções e sentimentos desconfortáveis tragam a sensação de que não comandamos as nossas escolhas, mas que as emoções as controlam.

Tais mudanças acontecem fisicamente em várias áreas no cérebro. Na amígdala, uma área cerebral relacionada ao processamento emocional, essas alterações se manifestam quando se recebe um estímulo que gera uma emoção de medo, por exemplo, que se dá diante de um perigo iminente, e na memória, gera sentimentos. O cérebro interpreta a informação por meio dos pensamentos e imediatamente o indivíduo sente as reações fisiológicas prazerosas ou não[11].

As memórias funcionam com associações, como quando o cérebro processa algo do presente e relaciona-o com experiências semelhantes do passado, influenciando a compreensão e leitura sobre a situação[44]. Por exemplo: "Todos os sábados meus pais e eu comemos um bolo que a mamãe faz, reunidos à mesa com uma agradável companhia. Quando é sexta-feira, já estou feliz esperando por esse momento! Com o passar dos anos, as memórias dessa prática poderão ser prazerosas, mas se um óbito de alguém importante acontecer nesse mesmo dia, posso ressignificar esses momentos." Isso são memórias emocionais que nos fazem sentir felicidade ou tristeza, ou o sentimento de pesar[11].

As memórias manifestam-se de forma implícita, registrando a compreensão, emoção, sensação ou experiência corporal, mas, ao se tornarem explícitas, revelam a compreensão de sentimentos negativos que podem ser paralisantes. Compartilhar os acontecimentos que contêm emoções contribui para que as memórias se tornem explícitas[44], favorece a troca simultânea de interesses pertencentes ao outro e beneficia a compreensão e a conscientização da causa pela qual há o sentimento[45]. Aplique os *slides* 1.16 e 1.17.

Momento 3 – Como podemos reconhecer as emoções em nós mesmos e no outro e lidar com os comportamentos que elas desencadeiam?

Como visto, a comunicação ajuda muito nesse processo. O cérebro humano tem a capacidade de emitir a fala, o que é bem diferente de outros seres vivos como animais e plantas. Mas há também a expressão não verbal transmitida por meio da face, onde existem mais de 40 músculos que se movimentam de diversas maneiras, chegando a proporcionar mais de dez mil expressões faciais[5]. Veja o *slide* 1.18.

Momento 4 – Como agir com a emoção no outro?

Explique que é preciso cuidado ao julgar por meio das informações visuais o que o outro está sentindo. A maneira mais segura de checar as emoções do outro é por meio da linguagem, pois, apesar da habilidade que se pode desenvolver de identificar as emoções por meio dos sinais nos gestos, postura, voz, face, não é possível acessar os pensamentos, a não ser verbalmente[5]. Consulte os *slides* 1.19 e 1.20.

Em alguns contextos em que o outro está passando por situações complexas, como a perda de um ente querido, a fala pode ser até dispensada, mas não a emoção sentida, que comunica aceitação, compreensão, amparo, transmitidos com o comportamento de compartilhar a emoção.

Momento 5 – E quais são as emoções básicas?

Algumas emoções básicas consideradas pelos estudiosos da área são, em sua maioria, as mais frequentemente nomeadas pelas crianças, adultos e idosos. Simples, desde cedo já estão no nosso dialeto. São elencadas oito para se trabalhar ao longo das sessões: alegria, raiva, tristeza, medo, nojo, surpresa, desprezo e amor (*slide* 1.21).

"Vocês conseguiriam descrever situações em que sentiram essas emoções?" (Anotar cada uma delas e pedir para descreverem as sensações sentidas que permitiram nomear essas emoções.)

Momento 6 – Mas e os sentimentos? Quais são eles?

Os estudiosos da área concluíram que as emoções produzem sentimentos, mas nem todos os sentimentos partem de emoções[10]. As emoções sempre vão originar sentimentos, como mostra a ilustração do *slide* 1.22.

Momento 7 – Por que é importante dar um nome apropriado para cada emoção?

Nomear adequadamente as emoções, transformando-as em palavras, pode ser um caminho para aceitar e lidar com elas influenciando a capacidade de gerenciar as experiências emocionais e comportamentais difíceis[46]. Nos relatos de crianças a seguir, observa-se o quanto essa habilidade pode ser direcionada e ensinada. Veja os *slides* 1.23 e 1.24.

Heleninha, 4 anos: ficou sabendo que logo ganharia um presente de seus pais.

– Mãe... eu tô muito surpresa pelo meu presente!

– Não seria ansiosa, minha filha?

Marina, 6 anos: com um pequeno problema na fala, relata uma emoção para sua mãe: a menina fica surpresa após levar um susto.

– Mãe, o Gabriel me deu um chuto!

– Não foi um chute, minha filha?

– Foi um chuto. Ele fez assim, ó: "Buuuh!"

Vanessa, 7 anos: desenvolvendo a empatia, identificando a emoção da tristeza.

– Tia, o que você tem? Por que está chorando?

Rafael, 12 anos: seus pais precisaram fazer uma longa viagem a trabalho.

– Por que tá triste?

– Eu não sei...

– Não seria saudade dos seus pais?

– Acho que sim.

– Vamos ligar pra eles?

SESSÃO 2 – EMOÇÕES BÁSICAS: INTEGRANDO EMOÇÕES, SENSAÇÕES E SITUAÇÕES

Objetivos

- Propiciar o desenvolvimento do reconhecimento das emoções básicas.
- Estimular a nomeação adequada das emoções básicas.
- Estimular a observação das sensações corporais em si mesmo, correlacionando-as às situações.
- Pensar sobre emoções básicas, considerando que a vivência adequada de cada emoção reflete de forma significativa na autorregulação emocional.

Material necessário

- *Slides* da Sessão 2.
- Dado das emoções, identificando as seguintes: alegria, medo/surpresa, nojo/desprezo, tristeza, raiva e amor. Instrução para elaboração do dado: utilize uma caixa de papelão revestindo-a com EVA e personalize-a identificando em cada face as emoções acima descritas.
- "Diário das emoções" impresso em folha sulfite.
- Lápis ou caneta.

Sugestão de mediação

Para pais, crianças e adolescentes.

Momento 1 – Psicoeducação

Espera-se que nesta atividade a criança e adolescente reconheçam situações que despertam emoções e como as vivenciam corporalmente. Essa atividade poderá ser realizada com as crianças, adolescentes e os pais, com a quantidade máxima de doze participantes. Com os participantes em círculo, apresente os *slides* 2.2 e 2.3. Instigue o grupo a falar sobre emoções, especificamente sobre as emoções básicas: alegria, tristeza, raiva, medo, nojo, surpresa, desprezo, amor.

Mediador: "Diversos pesquisadores têm estudado sobre as emoções básicas, mostrando que elas se apresentam universalmente na espécie humana. Mas por que compreender as emoções? Por que é importante reconhecer o que estamos sentindo e dar um nome apropriado a esse sentimento?"

Tenha em mãos o dado e mostre suas faces, apresentando as emoções uma a uma. Observe que duas emoções diferentes poderão estar em uma mesma face do dado, então sugira que o participante escolha uma das duas faces sobre a qual falar se o dado cair em um desses lados.

Mediador: "Vocês deverão, um a um, se apresentar e, em seguida, jogar o dado e descrever uma situação vivida e duas palavras que representem o que sentem na emoção sorteada."

Exemplo
Alegria

"Um acontecimento que me traz alegria? Jogar futebol. Me sinto muito feliz e sinto muita diversão quando estou jogando bola!"

Esse momento é de exposição. Ajude as crianças a nomear as emoções e os sentimentos à medida que forem falando, pontuando os relatos: "Fiquei com raiva quando fiquei só e comecei a esmurrar a parede". Ao invés disso:

– O que sentiu primeiro, antes da raiva?

– Tristeza.

– Ah, entendi! A tristeza era a emoção número 1 (porque veio antes da raiva), e a raiva, a emoção número 2?

– Sim.

Relatos de experiência

– Fiquei muito feliz quando ganhei um telefone. Meu corpo ficou cheio de bolinhas! (Ficou arrepiado – Menino, 11 anos.)

– Fiquei triste quando minha mãe brigou comigo, vieram as lágrimas. (Menino, 12 anos.)

Momento 2

Atividade 1

Essa atividade poderá ser realizada com a quantidade máxima de doze participantes. Com o grupo em círculo, apresente as imagens das emoções, solicitando que cada participante verbalize, um por vez, de forma descritiva, ao menos duas reações que sentem ao ver ou vivenciar a cena apresentada nos *slides* 2.7 a 2.18, conforme o modelo apresentado no *slide* 2.6.

Em seguida, dialogue com o grupo sobre as diferenças apresentadas nas descrições de cada participante, destacando que as emoções são subjetivas e a compreensão e o respeito devem ser considerados quando nos deparamos com pessoas com sentimentos distintos aos nossos (*slide* 2.19).

Atividade 2

Apresente ao grupo uma breve exposição das emoções básicas trabalhadas e os sentimentos que estão associados a essa emoção (*slides* 2.20 a 2.28).

Momento 3 – Revisão

Neste momento, apresente às crianças e adolescentes o exercício de aplicação de emoções e sentimentos, instruindo o participante a descrever uma situação em que vivenciou uma emoção e/ou sentimento intensamente e a preencher o quadro "Aplicação das emoções e/ou sentimentos". Se houver crianças menores no grupo ou com dificuldade na escrita, flexibilize a atividade para a realidade delas, solicitando que desenhem, apresentando os cartões dos sentimentos e emoções com o intuito de ampliar o repertório de emoções e sentimentos, favorecendo a execução da atividade (*slides* 2.29 a 2.33).

APLICAÇÃO DAS EMOÇÕES E/OU SENTIMENTOS

Alegria	"Este é provavelmente o momento mais feliz da minha vida."
	"Uma colherada de açúcar ajuda a engolir o remédio."
	Compaixão, alívio, diversão, paz, felicidade, excitação, êxtase, maravilha.
Raiva	"Retruquei quando me disseram que o tempo havia terminado."
	Discussão, exasperação, frustração, irritação, rancor, vingança, fúria. Desencadeada por um sentimento de estar impedido em uma situação.
Nojo	"Ver alguém vomitar também me causa náusea."
	Abominação, aversão, repugnância, desagrado, aborrecimento, asco e descontentamento. Desencadeados pela sensação de que algo é tóxico.
Surpresa	"Eu não esperava por esse presente..."
	Espanto, traição, assombro, choque, admiração, abalo, sobressalto, susto. É o que se sente quando algo inesperado acontece.
Medo	"Onde minha mãe está?"
	Inquietação, nervosismo, ansiedade, desespero, pânico, temor, terror, angústia. Desencadeados por sentir uma ameaça de perigo.
Tristeza	Envolve desapontamento, desânimo, impotência, desesperança, tribulação, desalento, pesar, angústia, desencadeados por um sentimento de perda.
Desprezo	"Não compreendo por que mente tanto."
	Desdém, descaso, depreciação, desafeição, altivez, vaidade, orgulho. Quem sente desprezo se sente superior a algo ou alguém.
Amor	Afeição, carinho, honestidade, confiança, sinceridade, amizade, compreensão, saudade.

Fatos emocionais: Por que me senti assim? Onde eu estava? Com quem estava? Estava com fome, frio, doença?

_____

_____

Aplicando a mim: Onde senti? E se pudesse olhar debaixo da pele e ver as mudanças em mim? Interpretei verdadeiramente essa emoção de que maneira? Como isso contribuiu para aumentar a intensidade das minhas reações?

_____

_____

Como agi vs. como poderia ter agido?

_____

_____

Como melhorei? Como vou montar um plano para mudança?

_____

_____

Adaptado de: Ekman e Ekman (s.d.). The Ekmans' Atlas of emotion. Disponível em: http://atlasofemotions.org/.

SESSÃO 3 – IDENTIFICANDO AS EMOÇÕES EM SITUAÇÕES COTIDIANAS

Objetivos

- Reconhecer as emoções por meio das situações, pensamentos, reações corporais e comportamento.
- Desenvolver a percepção de que as emoções possuem uma causa desencadeadora.
- Estimular o autoconhecimento.
- Estimular a nomeação adequada das emoções e sentimentos.
- Pensar sobre emoções básicas, considerando que a vivência adequada de cada emoção reflete de forma significativa na autorregulação emocional.

Material necessário

- *Slides* da Sessão 3, quadro "Situações, pensamentos, reações e comportamentos" impresso em folha de papel sulfite;
- Lápis ou caneta;
- Lápis de cor, hidrocor.

Momento I – Psicoeducação

Para a realização desta atividade é necessário que o grupo possua a quantidade máxima de doze participantes.

Espera-se que por meio dessa atividade o terapeuta trabalhe nas crianças e adolescentes as experiências vividas por eles e que as crianças possam associar que, ao surgir uma emoção, sempre há situações desencadeadoras, como a manifestação de pensamentos, mudanças no corpo e nos comportamentos, tanto involuntários quanto voluntários. Sugere-se que complemente a apresentação dos *slides* usando perguntas reflexivas como "O que pensaria se...", "O que sentiria...?".

Recomenda-se o uso das fichas "Situações, pensamentos, reações e comportamento" a seguir, impressas.

Explique ao grupo que, sempre que uma emoção aparece, há as situações desencadeadoras: pensamentos que surgem, mudanças no corpo e nos comportamentos. Fazer uma leitura desse processo é um caminho para que tenham respostas mais adaptativas. Pensamentos, imagens, canções e palavras podem desencadear reações fisiológicas no corpo[47]. Se a emoção for confortável, sente-se vontade de querer aumentá-la, mas, se for desconfortável, o impulso será suprimi-la[43]. Não é possível controlar reações corporais, mas pensamentos, sim, bem como as ações realizadas em seguida. A forma como um indivíduo se comporta em uma emoção pode passar por um processo de mudança. Com a ajuda adequada, pode-se aprender a lidar respondendo de forma mais ajustada. Utilize o *slide* 3.3.

Momento 2 – Atividade I

Apresente o quadro a seguir na versão impressa e peça para cada criança/adolescente ler e completar assinalando a intensidade da emoção desencadeada, simultaneamente à aplicação dos *slides* 3.5 a 3.44 para juntos, crianças e adolescentes, completarem. Por fim, solicite a cada participante que apresente as respostas no momento final.

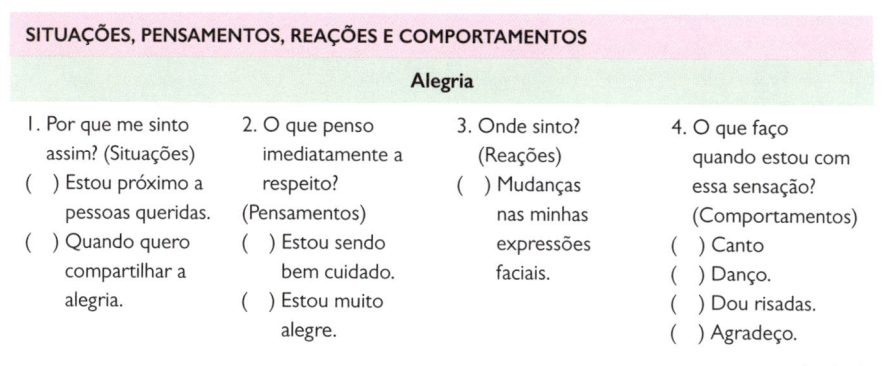

SITUAÇÕES, PENSAMENTOS, REAÇÕES E COMPORTAMENTOS			
Alegria			
1. Por que me sinto assim? (Situações) ( ) Estou próximo a pessoas queridas. ( ) Quando quero compartilhar a alegria.	2. O que penso imediatamente a respeito? (Pensamentos) ( ) Estou sendo bem cuidado. ( ) Estou muito alegre.	3. Onde sinto? (Reações) ( ) Mudanças nas minhas expressões faciais.	4. O que faço quando estou com essa sensação? (Comportamentos) ( ) Canto ( ) Danço. ( ) Dou risadas. ( ) Agradeço.

(continua)

SITUAÇÕES, PENSAMENTOS, REAÇÕES E COMPORTAMENTOS

Alegria

( ) Consegui realizar uma tarefa.
( ) Quando eu faço algo de que eu gosto.
( ) Consegui algo que eu queria muito.

( ) Sinto-me capaz.
( ) Eu posso, eu consigo.
( ) Estou honrado.

( ) Sensação de leveza e conforto.
( ) Coração disparando.
( ) Respiração mais rápida.
( ) Arrepios.

( ) Fico receptivo, disposto.
( ) Fico motivado.

Fraco	Médio	Forte

Escreva uma situação que lhe deixou ou deixa alegre, a sua reação frente a ela e aponte a força em que apareceu.

_____
_____
_____

Tristeza

1. Por que me sinto assim? (Situações)	2. O que penso imediatamente a respeito? (Pensamentos)	3. Onde sinto? (Reações)	4. O que faço quando estou com essa sensação? (Comportamentos)
( ) Fui deixado pelo melhor amigo.	( ) Fui abandonado.	( ) Braços e pernas pesados.	( ) Isolo-me.
( ) Perdi alguém próximo.	( ) Sou culpado de algo.	( ) Indisposição.	( ) Desisto de tudo.
( ) Fiquei de castigo.	( ) Estou me sentindo sozinho.	( ) Aperto no peito.	( ) Alimento a tristeza.
( ) Levei uma bronca da professora.	( ) Nunca serei bom o suficiente.	( ) Falta de ar ou tontura.	( ) Não tenho vontade de fazer nada.
( ) Fui acusado injustamente.	( ) Fui injustiçado.	( ) Um vazio.	( ) Choro um pouco ou muito (às vezes sem controle).
( ) Fui envergonhado publicamente.	( ) Ninguém vai gostar de mim.	( ) Falta ou aumento no apetite.	( ) Fico pensativo e reflexivo.

Fraco	Médio	Forte

Escreva uma situação que te deixou ou deixa triste, a sua reação diante dela e aponte a força com que apareceu.

_____
_____
_____

Medo			
1. Por que me sinto assim? (Situações)	2. O que penso imediatamente a respeito? (Pensamentos)	3. Onde sinto? (Reações)	4. O que faço quando estou com essa sensação? (Comportamentos)
( ) Vejo um filme de terror.	( ) Uma cena aterrorizante.	( ) Um calor no peito.	( ) Não quero ficar sozinho.
( ) Meu melhor amigo tem outros amigos.	( ) E se eu for abandonado ou deixado?	( ) A respiração acelerada.	( ) Tenho pesadelos.
( ) Meu melhor amigo mudou-se para longe.	( ) E se eu ficar sem meus amigos?	( ) Os batimento cardíacos aumentados.	( ) Tenho vontade de fugir.
( ) Ouço barulhos altos.	( ) Algo ruim que pode acontecer.	( ) A voz rápida e alta ou baixa.	( ) Fico apreensivo.
( ) Sou ameaçado, coagido.	( ) Um acidente grave pode acontecer.	( ) Os músculos contraem.	
( ) Estou em risco.			

Fraco	Médio	Forte

O que faço? Escreva uma situação que te deixou ou deixa com medo, a sua reação diante dela e aponte a força com que apareceu.

_____
_____
_____

Raiva			
1. Por que me sinto assim? (Situações)	2. O que penso imediatamente a respeito? (Pensamentos)	3. Onde sinto? (Reações)	4. O que faço quando estou com essa sensação? (Comportamentos)
( ) Sou xingado ou agredido fisicamente.	( ) Estou nervoso.	( ) Enrijecimento.	( ) Critico ou reclamo.
( ) Perco no jogo.	( ) Fui desrespeitado.	( ) Cabeça quente.	( ) Fico intolerante a perdas.
( ) Sou criticado.	( ) As coisas não saíram como eu esperava.	( ) Sensação de que vou estourar.	( ) Vontade de esmurrar alguém ou algo.
( ) Fico de castigo.	( ) Que estou sendo injustiçado.	( ) Minhas mãos se fecham.	( ) Grito.
( ) Sou ameaçado.		( ) Vontade de chorar.	

Fraco	Médio	Forte

Escreva uma situação que te deixou ou deixa com raiva, a sua reação diante dela e aponte a força com que apareceu.

_____
_____
_____

Desprezo

1. Por que me sinto assim? (Situações)	2. O que penso imediatamente a respeito? (Pensamentos)	3. Onde sinto? (Reações)	4. O que faço quando estou com essa sensação? (Comportamentos)
( ) Sou ignorado.	( ) Sou o maioral.	( ) Dou de ombros para o sofrimento alheio.	( ) Ignoro o outro.
( ) Quando não percebem que estou triste ou precisando conversar.	( ) O outro é inferior.	( ) Olhar altivo (superior).	( ) Julgo o outro.
( ) Mentem pra mim.	( ) O sentimento ou a dor dos outros não importam.	( ) O peito esquenta (incha).	( ) Ajo com raiva.
	( ) Sou sempre o melhor em tudo.		( ) Desdenho o outro.
	( ) Meus desejos são mais importantes		( ) Ignoro o sentimento ou a dor do outro.

Fraco	Médio	Forte

Escreva uma situação que te deixou ou deixa com desprezo, a sua reação diante dela e aponte a força com que apareceu.

_____
_____
_____

Surpresa

1. Por que me sinto assim? (Situações)	2. O que penso imediatamente a respeito? (Pensamentos)	3. Onde sinto? (Reações)	4. O que faço quando estou com essa sensação? (Comportamentos)
( ) Encontro alguém querido de forma inesperada.	( ) Não posso acreditar.	( ) Olhos abrem.	( ) Solto um suspiro alto.
( ) Ganho um presente inesperadamente.	( ) Eu não esperava!	( ) Boca abre com formato oval.	( ) Cubro o rosto ou a boca com as mãos
( ) Sou abordado repentinamente.		( ) Frio na barriga.	
( ) Encontro um animal perigoso.			

Fraco	Médio	Forte

Escreva uma situação que te deixou ou deixa surpreso (a), a sua reação diante dela e aponte a força com que apareceu.

_____
_____
_____

Nojo

1. Por que me sinto assim? (Situações)	2. O que penso imediatamente a respeito? (Pensamentos)	2. Onde sinto? (Reações)	3. O que faço quando estou com essa sensação? (Comportamentos)
( ) Vejo uma pessoa vomitar. ( ) Vejo a saliva do outro. ( ) Sinto cheiro podre. ( ) Ouço uma pessoa falando mal do(a) seu(sua) melhor amigo(a). ( ) Vejo ou toco em sujeira.	( ) Estou contaminado. ( ) Tenho que me afastar do que me traz aversão.	( ) Ânsia de vômito. ( ) A garganta esquenta. ( ) A língua sai da boca. ( ) Sensação de embrulho no estômago.	( ) Afasto-me do que traz o nojo ou a aversão. ( ) Tento controlar a náusea, cuspo. ( ) Cubro o nariz. ( ) Tomo banho ou lavo as mãos.

Fraco	Médio	Forte

Escreva uma situação que te deixou ou deixa com nojo, a sua reação diante dela e aponte a força com que apareceu.

_____

_____

_____

Amor

1. Por que me sinto assim? (Situações)	2. O que penso imediatamente a respeito? (Pensamentos)	2. Onde sinto? (Reações)	3. O que faço quando estou com essa sensação? (Comportamentos)
( ) Sou acolhido. ( ) Sou reconhecido. ( ) Sou ajudado em um momento importante ou difícil. ( ) Sou valorizado. ( ) Tenho amigos.	( ) Sou amado. ( ) Fui compreendido. ( ) Sou querido. ( ) Sou cuidado. ( ) Não estou só. ( ) Estou seguro. ( ) Desejo o bem.	( ) Um relaxamento. ( ) Tranquilidade. ( ) Sensação de que estou preenchido.	( ) Beijo. ( ) Abraço. ( ) Digo que amo. ( ) Desejo o bem. ( ) Acaricio. ( ) Aproximo-me de quem gosto.

Fraco	Médio	Forte

Escreva uma situação que te deixou ou deixa sentindo amado, a sua reação diante dela e aponte a força com que apareceu.

_____

_____

_____

Adaptado de: Lineah para pacientes; Ekman e Ekman (s.d.). The Ekmans' Atlas of emotion. Disponível em: http://atlasofemotions.org/.

Momento 3 – Revisão

Explore e acolha as experiências trazidas pelos participantes, solicitando ao grupo que compartilhe as respostas que preencheram. Ao término desse momento, construa com o grupo respostas que sejam adaptativas às emoções difíceis de lidar (*slide* 3.45).

SESSÃO 4 – IDENTIFICANDO EMOÇÕES NAS SITUAÇÕES: SITUAÇÕES DIFÍCEIS, EMOÇÕES DIFÍCEIS?

Objetivos

- Propiciar o desenvolvimento do reconhecimento das emoções desagradáveis nas situações vivenciadas no dia a dia.
- Facilitar o entendimento de que emoções desconfortáveis existem e não há como evitá-las, mas pode-se trabalhar com os comportamentos que elas geram.
- Observar e estar atento aos sinais ambientais que podem gerar essas emoções para a regulação do comportamento.
- Estimular a nomeação adequada das emoções e sentimentos.
- Estimular a observação das sensações corporais em si mesmo e no outro, correlacionando-as às situações relacionadas a estas.

Material necessário

- *Slides* da Sessão 4.
- Material impresso com perguntas para a Situação 2 (*slides* 4.16 e 4.17).
- Lápis ou caneta.

Momento I – Psicoeducação

Inicie com uma breve retomada do que foi trabalhado nas sessões anteriores, conversando com o grupo que as emoções podem ser encontradas universalmente em toda a espécie humana e que reconhecê-las pode contribuir para aceitá-las. Enfatize o que foi trabalhado nas sessões anteriores a respeito de olhar quais situações causaram mudanças nas suas experiências subjetivas, identificando as reações corporais, lidando com elas (respire fundo, olhe ao seu redor) e buscando comportamentos que sejam mais adaptativos, pensando no convívio com as pessoas (*slide* 4.2).

Momento 2

Atividade 1 para crianças

Espera-se que por meio dessa atividade as crianças compreendam a importância de reconhecer as emoções para então lidar com elas.

Apresente o título da história abaixo, "Por que Henrique está bravo?", e a última frase da história: "Depois de um tempo a avó o acalmou". Peça para os participantes construírem o enredo da história e o mediador vai respondendo palavras como "frio" para quando não acertarem e "quente" para quando acertarem. Leia a história e sugira aos participantes que façam um retrato vivo das cenas em seguida (*slide* 4.4).

> #### Situação 1
>
> Henrique era um menino de 6 anos, filho único, morava com seus pais no Ceará. Certa vez, seus pais precisaram viajar a trabalho para Florianópolis e sentiram-se apreensivos em contar para Henrique que não poderiam levá-lo. Sendo assim, decidiram que próximo à viagem conversariam com o filho sobre os planos de deixá-lo na casa da avó durante um fim de semana.
>
> Já com passagens compradas e malas prontas, os pais decidiram contar a Henrique que no dia seguinte deixariam-no na casa da avó. Entretanto, naquele dia Henrique passou mal a noite toda e por isso dormiu mal.
>
> Ao amanhecer, devido à noite mal dormida e os muitos medicamentos que tomara, o menino não conseguiu acordar. Os pais precisaram levá-lo até a casa da avó às pressas e ainda dormindo, apenas escreveram um bilhete explicando a situação para quando acordasse. Ao acordar, Henrique sentiu muita raiva porque demorou um pouco para se lembrar onde estava. Chutou as paredes e deu murros na porta. Depois de algum tempo a avó o acalmou. (*Slides* 4.5 e 4.6).

Reflexões sobre a história (*slides* 4.7 e 4.8)

- O que aconteceu com Henrique?
- Como você imagina que Henrique se sentiu quando acordou na casa de sua avó?
Caso as crianças respondam algo semelhante a abandono ou surpresa, pergunte como se sentiriam no lugar de Henrique.
- Qual emoção fez com que Henrique se sentisse assim?
- O que você faz quando se sente assim?
- E depois do que você fez, como você se sente?

Repostas para discutir com as crianças (*slide* 4.9)

Tristeza: a ausência repentina dos pais pode causar tristeza. Henrique pode ter sentido uma perda.

Medo: Henrique não sabia o que estava acontecendo e teve medo, por ter ido de forma inesperada para a casa da avó.

Raiva: ele pode ter imaginado as coisas legais que iria fazer no fim de semana com os pais e isso foi interrompido.

Considere outras respostas do grupo.

Atividade 2 para adolescentes

Espera-se que nesta atividade os adolescentes compreendam que é possível escolher os comportamentos expressados mesmo quando se está emocionado.

Apresente a história a seguir e peça ao grupo que tente descobrir a história real, com a dica: "Por que Clara constrangeu Suzana?" (*slide* 4.11). Deixe o grupo falar e responda "frio" para quando as respostas estiverem longe do contexto real ou "quente" para quando as respostas coincidirem com a correta. Apresente a história verdadeira parabenizando quem mais se aproximou da história real.

> ### Situação 2
>
> Suzana e Clara eram alunas da quinta série do colégio Melhor Escolha, em São Paulo. Suzana tinha muita facilidade em matemática e português, e Clara, em ciências e arte. Certo dia, a professora preferida das duas olhou o caderno de Suzana e escreveu um lindo recado elogiando por seu empenho na lição. Logo Suzana foi até a carteira de Clara para lhe contar a novidade. Assim que ouviu, as bochechas de Clara e sua testa ficaram coradas, ela soltou uma risada de deboche e disse: "Que coisa sem importância, Suzana! Você não sabe que a professora Renata elogia a todos? Você não percebeu que sua redação está tão ruim, mas tão ruim que a professora teve dó de você e falou coisas boas pra te deixar feliz? Eu tenho dó de você, por você acreditar nisso. Além disso, coitada de você… Quem é que te ajuda em ciências e artes? Caia na real!" (*slides* 4.12 e 4.13).

Oferte tempo para o grupo responder às questões seguintes. Em seguida, responda junto com o grupo, permitindo que se expressem (*slides* 4.16 e 4.17).

1. Qual foi a emoção que fez as bochechas e a testa de Clara ficarem vermelhas e soltar uma risada de deboche?
    ( ) Inveja
    ( ) Raiva
    ( ) Ira
    ( ) Tristeza
    ( ) Medo
2. A emoção de Clara surgiu sem motivo algum?
    ( ) Sim ( ) Não
    Por quê?
3. Agir segundo a emoção fez de Clara uma menina mais livre?
    ( ) Sim ( ) Não
    Por quê?
4. Se Clara assumisse sua inveja, significaria uma fraqueza?
    ( ) Sim ( ) Não

Por quê?

5. Clara deveria desconsiderar completamente os seus sentimentos desagradáveis?

( ) Sim ( ) Não

Por quê?

6. E quanto a Suzana, como imagina que se sentiu depois que conversou com Clara?

( ) Constrangida

( ) Com vergonha

( ) Sem emoção

( ) Brava

( ) Triste

7. Como imagina que Suzana deveria reagir?

( ) Perguntar a Clara o que ela fez de errado para ser tratada desse modo.

( ) Falar atacando Clara para revidar com a mesma moeda.

8. Você já passou por uma situação como essa no seu dia a dia? Com quem você mais se parecia? Com Clara ou com Suzana? ( ) Sim ( ) Não

9. Como reagiu?

(Adaptado de: Lineah Exercício para pacientes)

Respostas:

1. Considere as respostas do grupo e acolha as diversas opiniões, ressaltando que o texto converge para o sentimento de inveja, sendo possíveis as diversas emoções apresentadas.

2. Não. Explique que as emoções estão relacionadas a fatos que as desencadeiam e não são inesperadas, pois antes têm uma causa.

3. Não. Acolha as respostas do grupo e tire dúvidas que geralmente surgem quanto à expressão "livre". Clara não considerou o sentimento de Suzana, podendo gerar tristeza na amiga descuidando da amizade entre ambas.

4. Não. Considere as respostas do grupo e mostre a importância de reconhecer e assumir as emoções e os sentimentos, como um caminho para a resolução de conflitos. É esperado que algumas crianças com dificuldade na regulação emocional apresentem um pensamento afirmativo de que é, sim, uma fraqueza. Aceite as respostas que suscitem sentimentos de raiva, mas contribua com a desconstrução desse pensamento afirmando que

reconhecer sentimentos é como se você quisesse preparar um bolo, mas não conhecesse os ingredientes ou quisesse jogar um jogo sem conhecer as regras. Para você lidar com suas emoções e sentimentos é preciso conhecê-los para então colocar em prática formas mais assertivas de lidar com as mesmas.

5. Ignorar os sentimentos é o mesmo que ignorar a nossa formação humana e falha. Eles fazem parte de nós e olhar para eles é um passo inicial para mudar decisões e pensamentos.

6. Todas as reações são possíveis, mas considere a tristeza como uma emoção que pode gerar outros sentimentos em Suzana.

7. A primeira alternativa é a esperada como assertiva, mas crianças com dificuldade de gerenciar suas emoções se inclinarão em escolher a segunda opção. Construa o pensamento de que raiva + raiva = destruição, porém, desenvolver estratégias que envolvem lidar com suas reações corporais e expressar por meio da fala o que sente é um caminho mais seguro para exercitar as defesas na criança ou no adolescente.

8 e 9. Acolha as respostas do grupo (*slides* 4.19 a 4.21).

Momento 3 – Revisão

Converse com o grupo, discutindo o que teria acontecido se as personagens tivessem identificado e aceitado as emoções que surgiram primeiro, de forma verdadeira, ao invés de partirem para uma atitude de defesa agressiva. Quais sinais no pensamento e no corpo poderiam ser observados para que descobrissem a verdadeira emoção sentida, a emoção que está por trás da inveja, ou da raiva apresentada na história? Sentir-se triste ou com medo não significa fraqueza, pois são reações corporais a acontecimentos que podem ou não ser evitados, mas que todos estão sujeitos a vivenciar. O que se faz com essas reações é o que precisa ser modificado. Evitar e rejeitar emoções desagradáveis faz com que se acumule no interior uma espécie de ferida que só aumenta, como quando se arranca a "casquinha" de um machucado. Ao aceitar e validar as emoções, estamos aceitando a nossa essência humana e isso acalma as emoções negativas[62] (*slide* 4.22).

SESSÃO 5 – RECONHECENDO EMOÇÕES EM FACES

Objetivos

- Propiciar o desenvolvimento do reconhecimento das emoções em faces.
- Estimular a interação verbal e não verbal.
- Estimular a nomeação adequada das emoções e sentimentos.

Material necessário

- *Slides* da Sessão 5.
- Fotos que representam faces de diferentes emoções.

Sugestão de mediação

Para pais, crianças e adolescentes.

Momento 1 – Psicoeducação

Pergunte ao grupo: "Qual a importância de falar olhando para a face? Já experimentaram falar voltados para um objeto ou uma máquina? Quais sensações experimentaram?" Explique que fazer essa experiência pode revelar o *feedback* que o outro dá por meio da face e isso é importante, já que ao olhar nos olhos do outro são ativadas as áreas do cérebro responsáveis pelas emoções[48].

Portanto, é possível se sentir desconfortável quando, ao falar com alguém, a pessoa vira-se, boceja ou apresenta um olhar raivoso[48]. Tais reações refletem na regulação do comportamento humano. Pergunte aos pais se têm o hábito de olhar nos olhos dos filhos e qual a intenção desse olhar. Frequentemente é um olhar de acolhimento, repreensão ou ambos acontecem de forma equilibrada? Acredita-se que, após esta atividade, os participantes sejam despertados para importância do contato visual como elemento da comunicação de emoções (*slide* 5.2).

Momento 2 – Atividade I

Divida os participantes em duplas de pais/cuidadores e crianças/adolescentes. Tenha em mãos ou em algum dispositivo eletrônico ou impressas as fotos dos *slides* 5.4 a 5.10 representando as emoções (alegria, tristeza, raiva, surpresa, nojo, medo, amor, desprezo) e apresente uma delas em segredo a um dos participantes (da dupla escolhida), o qual deverá descrever o que vê na foto para que o filho/pai respectivo adivinhe qual a emoção. Por exemplo (*slide* 5.3): se o participante observar a figura de uma pessoa sorrindo, ele deve descrever a foto sem usar expressões como "essa pessoa está sorrindo" ou "é alguém rindo". Ele deve dizer: "A bochecha tem rugas porque está erguida. Os lábios estão entreabertos e os dentes estão visíveis. Os olhos embora estejam estreitos, estão abertos com rugas ao redor." O par deve responder e os demais participantes podem ajudar caso haja dificuldade. É necessário descobrir de qual emoção se trata. É esperado que esta atividade contribua para que o participante desenvolva a habilidade de reconhecer emoções visualmente e também, por meio de descrições verbais, formule a imagem que corresponde à emoção, em sua mente.

Em seguida, o participante deverá reproduzir a expressão facial ao visualizar a emoção na foto para que os demais participantes descubram de qual emoção se trata (emoções com intensidade leve a alta). É importante que os grupos sejam revezados, a fim de que todos treinem a experiência de descrever, encenar e descobrir as emoções. Espera-se que esta atividade estimule no participante a percepção da emoção em outras pessoas e da sua maneira própria de reproduzi-la (*slide* 5.11).

Momento 3 – Revisão

Instigue o grupo se percebem em si mesmos gestos de descontração como "legal", "V" de vitória, ou falar apontando, usando os dedos e mãos, ou ainda, se costumam mexer nos cabelos, morder as bochechas, quando estão ansiosos.

No fechamento, converse com o grupo sobre a importância da comunicação não verbal.

A expressão facial envolve contrações musculares visíveis de mais de 40 músculos responsáveis por cerca de dez mil comportamentos faciais distintos[5,49]. Mas, além das expressões faciais, a comunicação não verbal abrange postura, tom de voz, gestos e aproximação ou evitação de determinados espaços. Já a comunicação corporal inclui gestos emblemáticos, como as mãos em "V" de vitória; ilustradores, como apontar; e adaptadores, como morder as bochechas, mexer no cabelo[49]. A capacidade de perceber as expressões não verbais é um recurso que amplia a consciência emocional e contribui para uma compreensão de relacionamentos transparentes.

SESSÃO 6 – CONDUZINDO EMOÇÃO: O TOM DA MINHA VOZ!

Objetivos

- Reconhecer as emoções por meio da voz.

- Observar e estar atento aos sinais ambientais que podem gerar essas emoções para a regulação do comportamento.

- Estimular a compreensão de que a expressão vocal pode ser mais relevante do que o conteúdo de uma frase para que o receptor compreenda a mensagem.

- Estimular a nomeação adequada das emoções e sentimentos.

- Estimular a observação das sensações corporais em si mesmo e no outro, correlacionando-as às situações.

- Pensar sobre emoções básicas, considerando que a vivência adequada de cada emoção reflete de forma significativa na autorregulação emocional.

Material necessário para crianças

- *Slides* da Sessão 6.
- Caixas de som.
- Áudio das vozes "Eu gosto de você".
- *Data show* ou computador.
- Vídeos "Eu gosto de você"

Momento I – Psicoeducação

Para pais, crianças e adolescentes

Com o grupo disposto em círculo, pergunte aos participantes de que maneira acreditam que o som da voz pode refletir emoção e sobre a importância da voz nas emoções. Será que o som da voz pode conduzir emoção? Em seguida, apresente somente os áudios com a voz "Eu gosto de você", pedindo aos participantes que falem qual emoção está sendo expressa no áudio, mantendo a resposta em sigilo. Deixe que todos os participantes respondam. Peça que tomem nota das respostas. Reproduza novamente os áudios, mas desta vez, comente as respostas: Voz 1 – Surpresa; Voz 2 – Alegria; Voz 3 – Amor; Voz 4 – Raiva; Voz 5 – Nojo; Voz 6 – Tristeza; Voz 7 – Desprezo; Voz 8 – Medo. Espera-se que o paciente desenvolva com esta atividade a percepção auditiva emocional através da escuta da prosódia (*slide* 6.2).

Momento 2

Atividade 1

Distribua papéis ao grupo com o nome ou com os cartões das oito emoções básicas (alegria, tristeza, raiva, medo, surpresa, nojo, desprezo e amor). Solicite a um dos participantes do grupo que fale a frase "hoje estou feliz" usando o tom de voz sorteado, mas o grupo, entretanto, deverá estar de costas para o participante, ou de olhos fechados (*slide* 6.3). Os participantes deverão identificar qual a emoção expressa. Espera-se que com esta atividade o participante desenvolva a prosódia através de sua própria expressão verbal.

Sugestão de atividade para crianças: brincar de telefone sem fio com o tom de voz emocional. A criança fala uma palavra de sua escolha com um tom emocional e a última pessoa do telefone sem fio irá responder o nome da emoção e não a palavra.

Atividade 2

Apresente o vídeo "Eu gosto de você" com *link* para o recurso digital no *slide* 6.4. O vídeo expressa uma mensagem transmitida por meio de gestos, mas com ausência da prosódia. Os participantes deverão um a um identificar qual a emoção correspondente a cada gesto. Tome nota das respostas. Mostre novamente o vídeo, comentando as respostas (surpresa, alegria, amor, raiva, nojo, tristeza, desprezo e medo). Novamente, dê espaço para que todos opinem e posteriormente apresente o vídeo disponível no *slide* 6.5. Reflita com o grupo a respeito da importância da linguagem não verbal, que está presente nos relacionamentos e sobre o seu papel em regular o nosso comportamento.

Enfatize que a linguagem não verbal em alguns momentos pode dispensar a comunicação verbal, mas em outras situações não, fazendo-se necessária a expressão do porquê estamos sentindo. A voz faz parte de um conjunto que compõe as emoções e possui a importante função de conduzir os sentimentos mais profundos, além de revelar a identidade e a personalidade[1], como quando é possível distinguir se o que está sendo dito expressa um sentimento congruente com a linguagem corporal. No *slide* 6.6, apresente os vídeos 3 a 5, solicitando aos participantes que sugiram as respostas para as emoções expressas, cuja resposta é "tristeza". No *slide* 6.7. apresente o vídeo referente à emoção "Surpresa" (vídeo 6), permitindo que o grupo identifique a emoção. É esperado respostas como "alegria". No *slide* 6.8, apresente os vídeos referentes à emoção raiva (vídeos 7 a 9) e novamente discuta as repostas apresentadas pelo grupo. No *slide* 6.9 apresente os vídeos referentes à alegria (vídeos 10 a 12). Aponte as expressões faciais como o movimento dos lábios, bochechas e também a coerência que se apresenta na semântica e prosódia nesta emoção. No *slide* 6.10, os vídeos mostram a emoção "desprezo" (vídeos 13 a 15). No *slide* 6. 11 a emoção "amor" é apresentada (vídeos 16 a 18) – peça que observem os tipos de amor representados nas expressões. No *slide* 6.12, é apresentada a emoção medo (vídeos 19 a 21). E por fim, no *slide* 6.13, a emoção nojo (vídeos 22 a 24). Espera-se que nesta atividade o participante refine sua habilidade de percepção da comunicação não verbal.

Momento 3 – Revisão

Ao revisar esta sessão, permita que os participantes façam uma brincadeira denominada "O tom da minha voz" das emoções e sentimentos. Organize o grupo em dois times. A regra do jogo é: uma criança ou adolescente de um time irá falar uma emoção ou sentimento, e o time adversário deverá cantar parte de uma música com a melodia ou letra que faça lembrar a emoção ou o sentimento correspondente (*slide* 6.14).

Observações

A voz é condutora de emoções e isso pode se refletir na qualidade da comunicação. Ajude-os a ponderar sobre a importância de não julgar somente pelo que se ouve e que o locutor pode não estar trazendo com clareza essa mensagem, sendo seguro, portanto, fazer a checagem por meio de perguntas como "O que quis dizer com isso?". Dentre alguns relatos a respeito dessa atividade, os pacientes exemplificam o quanto pode ficar empobrecida a comunicação via redes sociais, fragmentando as informações transmitidas ou somente com texto ou com voz, e como é importante e indispensável a interação pessoal.

Note como a mesma frase pode mudar e transmitir diferentes significados de acordo com os diversos tons emocionais. Da mesma maneira, melhorar a clareza do que se quer expressar de forma sincera pode ser um grande recurso para aprimorar os relacionamentos.

SESSÃO 7 – UM DESTAQUE PARA A ALEGRIA!

Objetivos

- Propiciar o desenvolvimento do reconhecimento das emoções básicas, especificamente da alegria e sentimentos positivos.

- Estimular a nomeação adequada da alegria e dos sentimentos associados a essa emoção.

- Estimular a observação das sensações corporais em si mesmo, correlacionando-as às situações vividas no dia a dia.

Material necessário para crianças

- *Slides* da Sessão 7.
- Lápis de cor.
- Material impresso "Meu diário da alegria", "Frases de incentivo" e "Variedade de emoções para alegria".

Sugestão de mediação

Para pais, crianças e adolescentes.

Momento 1 – Psicoeducação

Inicie a sessão perguntando ao grupo o que é a alegria. A alegria é uma emoção básica fundamental para nossa existência. Está associada ao que é benéfico, favorável, adequado. Está diretamente relacionada à motivação, impulsionando o envolvimento da pessoa que sente com o estímulo ou ambiente que provoca a emoção, diminuindo os pensamentos negativos (*slide* 7.2).

Em sua teoria *Amplie e construa*, Bárbara L. Fredrickson[50] defende que emoções positivas edificam repertórios de pensamentos e comportamentos criando recursos pessoais como bem-estar físico, intelectual, social e psicológico que podem permanecer por um longo período, sendo assim usados em situações de ameaça à sobrevivência (*slide* 7.3).

A alegria origina diversos sentimentos prazerosos, como os prazeres sensoriais, a diversão, compaixão, encanto, orgulho, êxtase. Com base nessa informação, peça ao grupo que feche os olhos e imagine um rosto alegre. Ainda de olhos fechados, peça que imaginem um rosto de encantamento e depois pergunte qual rosto foi mais fácil imaginar. Em seguida, pergunte o que vem à mente quando se pensa em alegria. Se a resposta for a imagem de um sorriso, destaque as mudanças físicas e biológicas que se apresentam nessa emoção básica, diferenciando-as de sentimentos. Nos *slides* 7.4 a 7.9 está ilustrada a maneira que respondemos à alegria. Espera-se que com esta atividade os participantes percebam as nuances que diferenciam os sentimentos prazerosos uns dos outros. Será feita a comparação da alegria ao mineral quartzo, um dos mais abundantes da Terra, que, entre tantas utilidades, pode ser usado para controlar a frequência em rádios, televisores e outros equipamentos eletrônicos de comunicação. Assim como o quartzo, a alegria é abundante e possui muitas utilidades, dentre elas a contribuição para uma comunicação mais eficaz. Como os estudiosos que buscam conhecer as propriedades e utilidades do quartzo para melhor explorá-lo, é necessário conhecer as propriedades e utilidades da alegria para explorá-la e desenvolvê-la em nós (veja o *slide* 7.10).

A alegria é uma emoção muito importante, mas sua falta ou excesso, em alguns casos, pode indicar distúrbios.

Instigue o grupo a falar sobre suas ações ao sentir alegria. Explique que as manifestações comportamentais da alegria também sofrem influências de fatores genéticos e ambientais, ou seja, a alegria pode ser aprendida ou induzida pelo meio ambiente, fenômeno esse explicado pelos neurônios espelhos[51].

Algumas das expressões faciais e gestos da alegria, como pulos, mãos e braços levantados, polegar elevado significando "joia", ou punhos cerrados com os braços semiflexionados, indicando comemoração, estão ilustrados a seguir e nos *slides* 7.11 e 7.12. Ao observar atentamente estes *slides*, espera-se que os participantes desenvolvam a percepção visual de expressões faciais e gestuais da alegria e sentimentos relacionados.

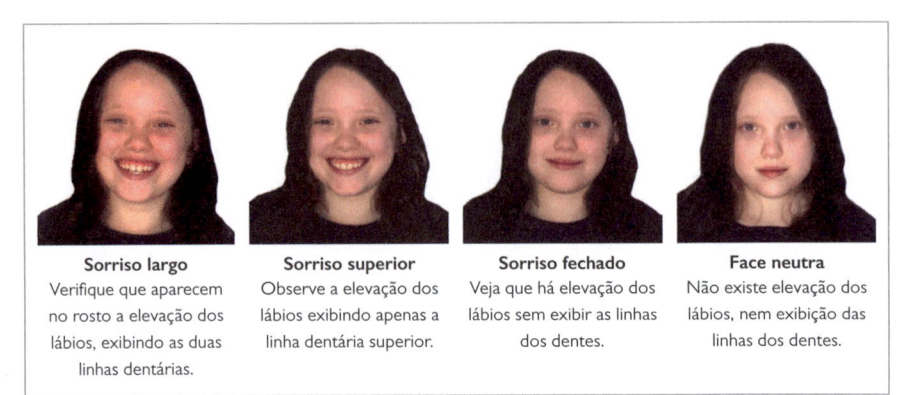

Sorriso largo	Sorriso superior	Sorriso fechado	Face neutra
Verifique que aparecem no rosto a elevação dos lábios, exibindo as duas linhas dentárias.	Observe a elevação dos lábios exibindo apenas a linha dentária superior.	Veja que há elevação dos lábios sem exibir as linhas dos dentes.	Não existe elevação dos lábios, nem exibição das linhas dos dentes.

FIGURA 3 Expressões faciais da alegria.
Fonte: adaptado de Ferreira, 2018. p. 244[9].

FIGURA 4 Gestos da alegria.

VARIEDADE DE EMOÇÕES PARA ALEGRIA			
Prazer sensorial	Compaixão	Tranquilidade	Encanto
Interesse	Diversão	Orgulho	Inspiração/superação
Regozijo	Alívio	Satisfação	Êxtase

Adaptado de: http://atlasofemotions.org/#states/enjoyment.

Momento 2 – Para crianças e adolescentes

Atividade I

Solicite às crianças e aos adolescentes que preencham o diário da alegria proposto a seguir. Trata-se de um recordatório onde as crianças e adolescentes devem registrar com detalhes momentos alegres que marcaram pelo menos 3 dias da sua última semana (esta atividade pode ser estendida para todo o período de treinamento). Espera-se que os participantes se habituem a registrar situações vivenciadas por eles que envolvam a alegria, com o intuito de que se tornem conscientes das experiências que envolvam essa emoção.

Antes de propor esta atividade, relembre aos participantes que estar alegre envolve estar feliz, enérgico, disposto, bem-humorado, então, pergunte a eles: "O que te deixa alegre? Como aumentar a sua alegria?" (ver *slide* 7.13).

A seguir, são apresentados dois modelos de diários para que a criança tenha a opção de escrever ou desenhar as situações solicitadas.

MEU DIÁRIO DA ALEGRIA		
Dia 1	Dia 2	Dia 3
O que me deixou alegre hoje?	O que me deixou alegre hoje?	O que me deixou alegre hoje?
O que eu poderia fazer para estar ainda mais alegre neste dia?	O que eu poderia fazer para estar ainda mais alegre neste dia?	O que eu poderia fazer para estar ainda mais alegre neste dia?

MEU DIÁRIO DA ALEGRIA		
Dia 1	Dia 2	Dia 3
O que me deixou alegre hoje?	O que me deixou alegre hoje?	O que me deixou alegre hoje?
O que eu poderia fazer para estar ainda mais alegre neste dia?	O que eu poderia fazer para estar ainda mais alegre neste dia?	O que eu poderia fazer para estar ainda mais alegre neste dia?

Atividade 2 – Especial para crianças

Gincana da alegria (*slide* 7.15)

Esta atividade deverá ser realizada em um espaço livre. A gincana consiste em um conjunto de atividades especialmente motoras que devem ser realizadas sequencialmente e dentro de um tempo específico. Ela é composta por estações. O terapeuta mediador deve dividir os participantes em dois grupos de forma que cada grupo complete as atividades do circuito em um momento (primeiramente o grupo 1 e em seguida o grupo 2). Os dois grupos, entretanto, não estarão competindo, mas devem ajudar-se utilizando expressões da lista "Formas de dizer 'muito bem'", a fim de que completem o circuito em tempo igual. Espera-se que os participantes sejam movidos a incentivar-se mutuamente durante a execução da atividade e que com essa vivência, e em seguida com a discussão iniciada pelo terapeuta facilitador a respeito disso, percebam como a alegria está envolvida quando se incentiva e se é incentivado.

Estação	Material necessário	Descrição da atividade
Estação 1	Colheres e bolinhas de pingue-pongue ou semelhantes	Nesta estação os participantes deverão carregar, um de cada vez, uma bolinha de pingue-pongue com a colher de um ponto a outro, do espaço sem deixar cair.
Estação 2	Sacos de tecido em que caiba uma pessoa	Nesta estação os participantes deverão entrar no saco, até a cintura, e saltar com ele por um percurso e tempo específico, um de cada vez. O desafio é que não caiam.
Estação 3	Bexigas cheias de ar	Nesta estação os participantes deverão formar uma fila. O terapeuta entregará para a primeira pessoa da fila uma bexiga. Essa pessoa deverá passar por cima da cabeça, para a pessoa de trás e assim sucessivamente até o último da fila. Quando a bexiga chegar ao último da fila, este deverá passar para os participantes à sua frente, na direção contrária do que vinha ocorrendo. Ao chegar novamente no primeiro, ele senta na bexiga, estoura e sai da fila. Esse processo ocorre sucessivamente até que todos da fila tenham estourado as bexigas. O objetivo é terminar a atividade no tempo estipulado sem estourar as bexigas enquanto passam de mão em mão.
Estação 4	Barbante, tesoura e três bambolês ou círculos desenhados com giz de lousa no chão	Nesta estação o terapeuta amarrará a perna esquerda de um participante à perna direita do outro formando assim duplas com todos os participantes. Oriente a dupla que pule com as pernas que estão presas, ao mesmo tempo, dentro dos bambolês. Todos do grupo deverão proceder assim dentro do limite de tempo estipulado, uma dupla de cada vez.

Apresente impressas frases de incentivo para algumas crianças falarem para os seus colegas que estiverem executando as provas.

FRASES DE INCENTIVO		
• Você está de parabéns!		
• Você foi muito bem!	• Está muito bonito	
• Ficou animal	• Você caprichou!	
• Você arrasou	• Você está certíssimo	• Está joia
• Arrebentou a boca do balão	• Ficou demais	• Ficou joinha
• Legal! Arrepiou!	• Nota dez!	• Muito legal, está lindo
• Ficou muito bacana	• Está excelente	• Você mandou muito bem
• Está bárbaro	• Ficou excepcional	• Ficou maneiríssimo
• Ficou uma beleza	• Ficou extraordinário	• Você conseguiu!
• Foi muito bem bolado	• Está maravilhoso	
• Está ótimo	• Você é muito inteligente	
• Isso está pra lá de bom!	• Ficou *show* de bola	
• Ficou demais		

Adaptada de: Lear, 2014[57].

Atividade 3 – especial para adolescentes

Esta atividade é um enigma e, portanto, pretende desafiar os adolescentes a descobrir, a partir apenas do último trecho da história, como se dá todo o seu enredo. Além disso, devem identificar em cada uma delas três sentimentos positivos e um sentimento ou emoção negativa, como descrito a seguir.

Inicialmente um participante é escolhido para começar. Ele deve ler um trecho que corresponde ao final da história em voz alta aos demais participantes. Depois disso, deve ler em silêncio, apenas para si, a história completa. A partir de então os demais participantes deverão fazer perguntas buscando descobrir qual o conteúdo da história.

Regra: os jogadores devem formular suas questões de modo que a pessoa que conhece a história por completo responda apenas "sim", "não" ou "irrelevante" (quando a resposta não se aproximar da história). As perguntas levarão os participantes a descobrir o restante do enigma. Ao final o terapeuta deve ler toda a história e solicitar aos adolescentes que identifiquem três sentimentos construtivos e um negativo.

Espera-se que com esta atividade os participantes estimulem sua capacidade de correlacionar situações vividas e sentimentos semelhantes à alegria, mesmo na presença de um sentimento negativo nesse contexto (*slides* 7.16 a 7.31).

1. DIVERSÃO, ALEGRIA, ADMIRAÇÃO

A gente não conseguia parar de gargalhar, tanto que faltava o ar! Ninguém se sentiu ofendido! Esse dia foi para lacrar!

As sextas-feiras costumavam ser dias pesados na escola. Eram duas aulas de física, duas aulas de matemática e duas aulas de biologia seguidas. Faltou energia elétrica e os professores tiveram que sair rapidamente da sala deixando apenas um monitor. Um dos alunos foi lá na frente e começou a imitar os colegas. Ele imitou a professora com aquele seu jeito de andar no salto que fazia "pec, pec, pec". Ele imitou um casal namorando... "Ai amor, own chuchuzinho!" A gente não conseguia parar de gargalhar, tanto que faltava o ar! Ninguém se sentiu ofendido! Esse dia foi para lacrar!

2. INSPIRAÇÃO, COMPAIXÃO, GRATIDÃO, ALEGRIA

[isto] fazia Jaqueline se imaginar médica, podendo retribuir para outras pessoas o bem que recebera, e isso a fez seguir com esse sonho.

Jaqueline tinha acabado de voltar do hospital. Seu peito se encheu e ela suspirou em um grande sorriso, relembrando o que tinha acabado de presenciar, e sem palavras. Sua avó estava internada nos últimos 15 dias em um hospital público, pois a família havia passado momentos difíceis e perderam o convênio que pagavam. Jaqueline descobriu que sua avó precisaria realizar um procedimento cirúrgico que o hospital não cobria, a não ser que a família tivesse um convênio ou que fizesse particular! Jaqueline quase não aguentou e não parava de chorar. Porém, o médico doou um dinheiro para que o procedimento fosse feito e agora a avó já estava bem, estava em casa. O zelo com que o médico cuidava de sua avó fazia Jaqueline se imaginar médica, podendo retribuir para outras pessoas o bem que recebera, e isso a fez seguir com esse sonho.

3. PRAZER SENSORIAL, CONTEMPLAÇÃO

Sentiu um cheirinho doce de chocolate quente e de um pãozinho que estava para assar. Meu Deus, ela pensou, realmente eu só posso aproveitar!

Viajar... Era uma coisa que a Letícia gostava de aproveitar. Naquele dia, ela viajou para longe, para visitar uma amiga querida, que há muito tempo não via! Chegando lá ela se deparou com o cenário que sempre sonhou conhecer: paredes feitas de tijolos bem pequenos, muitos prédios com longas escadas brancas, e jardim de lavandas na frente, na entrada do lugar. A amiga morava num silêncio, numa paz, onde se ouviam sons de passarinhos e árvores balançando. Ela respirou bem fundo, encheu de ar os seus pulmões, pensando em como desejava estar nesse lugar! Sentiu um cheirinho doce de chocolate quente e de um pãozinho que estava para assar. Meu Deus, ela pensou, realmente eu só posso aproveitar!

4. ALÍVIO, CORAGEM
Lembrou-se dos amigos que iria rever, dos familiares que ia abraçar e estava esperando por isso muito feliz, por esse dia em que todos iriam ganhar!
Cláudia teve que pensar muito e tomar uma decisão, pois era estudante de uma grande escola técnica na área de farmácia onde faziam experimentos científicos para descobertas de medicamentos, mas pensou em desistir da pesquisa devido à pandemia que estava presente, a qual a deixaria com muito medo de se arriscar, pois sua saúde era frágil e seu pai, doente crônico. Ela estava com medo de ambos adoecerem e não suportarem. Entretanto, um belo dia, ela se levantou e foi ao laboratório protegida. Sentia-se segura. Lembrou-se dos amigos que iria rever, dos familiares que iria abraçar e estava esperando por isso muito feliz, por esse dia em que todos iriam ganhar!

5. INTERESSE, SURPRESA
Por isso peço que entregue esta carta para minha esposa, pois eu não poderia colocá-la em risco enviando diretamente a ela para não levantar suspeitas! Mas ela precisa saber que estamos a salvo.
Rafael estava atrasado para ir para escola e, ao sair de casa, passou por ali um automóvel estranho. Parecia com um daqueles carros de banco, carros-fortes, e de dentro dele um rapaz jogou uma caixa no seu quintal, sem destinatário. Rafael abriu e viu que havia algumas cartas, mas esperou até o intervalo para voltar a ver os papéis amassados com desenhos feitos com códigos. O professor de matemática se aproximou e o ajudou a descobrir o que significava tudo. Era um senhor que tinha em sua expressão um pedido de ajuda. "Por isso peço que entregue esta carta para minha esposa, pois eu não poderia colocá-la em risco enviando diretamente a ela para não levantar suspeitas! Mas ela precisa saber que estamos a salvo."

Momento 3 – Revisão

Converse com os participantes sobre as maiores qualidades deles, o que as pessoas ao seu redor falam com relação às suas qualidades, e peça para que eles associem a sentimentos positivos. Por exemplo, é alguém bem-humorado, que diverte as pessoas, é alguém esperançoso que também enche o outro de esperança. Agora, peça para preencherem o quadro do *slide 7*.33 com três sentimentos mais fortes que possuem, para um negativo com o qual tem dificuldade de lidar. Permita que o grupo compartilhe o que escreveu.

SESSÃO 8 – RECONHECENDO A TRISTEZA

Objetivos

- Propiciar o desenvolvimento do reconhecimento das emoções básicas, especificamente da tristeza e sentimentos associados.

- Estimular a nomeação adequada da tristeza e sentimentos associados a essa emoção.

- Estimular a observação das próprias sensações corporais, correlacionando-as às situações vividas no dia a dia.

Material necessário

- *Slides* da Sessão 8.
- Lápis de cor, caneta hidrocor.
- Material impresso com as carinhas dos sentimentos para a tristeza.
- Papel sulfite.
- Papel-madeira colado ao chão para construção de uma trilha dividindo os números de um a vinte, escritos no tamanho aproximado dos pés das crianças.
- Cartolina ou papel-cartão para confeccionar um chapéu de cone.
- Dado.

Sugestão de mediação

Para pais, crianças e adolescentes.

Momento I – Psicoeducação

Mas o que é a tristeza? A tristeza é uma emoção básica que está relacionada a uma experiência de perda, de desamparo, proporciona oportunidade para que reflitemos sobre acontecimentos, e assim enriqueçamos nossas experiências de vida. A tristeza pode se apresentar por um curto ou longo período e o reconhecimento da tristeza propicia melhores maneiras de lidar com ela[5] (*slide* 8.2).

Dentre as características fisiológicas características da tristeza, estão diminuição ou aumento da respiração, frequência cardíaca acelerada ou inalterada, bem como a diminuição da temperatura corporal. Nas expressões faciais, ocorre um aumento da atividade em um pequeno músculo piramidal localizado na extremidade medial da sobrancelha[53] (*slide* 8.3).

A tristeza se apresenta em diferentes intensidades, em sentimentos como desânimo, desapontamento, impotência, desesperança, aflição, pesar, angústia. Algumas ações manifestadas na tristeza são a busca por apoio, queixar-se sobre a perda mesmo sabendo que ela é irreparável, deixar física ou mentalmente o local que causa tristeza, pensar de forma persistente sobre a tristeza, concentrar-se na perda ou envergonhar-se do que motivou a tristeza[5] (*slides* 8.4 a 8.9).

Para demonstrar as diferenças entre a emoção da tristeza e seus sentimentos associados, peça ao grupo que imaginem o rosto de alguém triste, depois um rosto de alguém que está se sentindo desanimado. Reitere que imaginar as expressões de um rosto com desânimo pode parecer algo indefinido, mas ao se imaginar na tristeza é possível identificar as mudanças características nas expressões faciais (*slide* 8.10).

Marque um sentimento que não está associado à tristeza. Espera-se que com esta atividade as crianças percebam as sutis diferenças entre a tristeza e os sentimentos correlatos (*slide* 8.11).

Solicite ao grupo que descreva situações que os deixam tristes. Peça que descrevam quais são seus comportamentos quando surgem os pensamentos de tristeza. Se as respostas forem "reflexivos", "quietos", reforce-os. Se for uma resposta diferente, aponte que a tristeza pode provocar um sentimento de humilhação, e, como forma de escapar dessa sensação, as pessoas são capazes de esconder o verdadeiro motivo que as impulsionou a ficar tristes para não ter que lidar com as reações desconfortáveis que as situações de perda provocam. Enfatize, nesse momento, a importância de compartilhar com alguém de confiança o que desencadeou a tristeza (*slide* 8.12).

Proponha então que eles pensem em pessoas ao seu redor nas quais podem confiar e, em seguida, escrevam o nome de uma dessas pessoas em uma folha. O intuito desta atividade é que você tenha um momento para mostrar às crianças como são, no geral, as pessoas em quem podemos confiar e ajudá-las a valorizar o fato de terem pessoas assim em suas vidas. Pessoas que podem ser acionadas em seus momentos de tristeza. Após esse momento, mencione as possibilidades para lidar com o comportamento de isolamento e inércia provocados pela tristeza, perguntando como agem para lidar com a tristeza. Ouvir música, ver um programa favorito, brincar com um animal de estimação, dançar, ler um livro, escrever em um diário. Assim, os pensamentos tristes ficarão cada vez mais longe. Ressalte que, antes desses comportamentos, está a necessidade de se separar um tempo para senti-la (*slide* 8.12).

Estimule o grupo a se imaginar nas situações de tristeza a seguir, apontando quais mudanças em suas expressões aconteceriam. E se sua tristeza não fosse levada em consideração? E se deixasse de brincar com as pessoas que estão à sua volta, ou deixasse de se esforçar para aprender uma coisa legal? (*slide* 8.13).

Observe que na face a parte interna das sobrancelhas sobem, ao mesmo tempo que se aproximam. As bochechas sobem, enquanto os cantos da boca caem, o olhar fica para baixo, assim como a cabeça (*slide* 8.14).

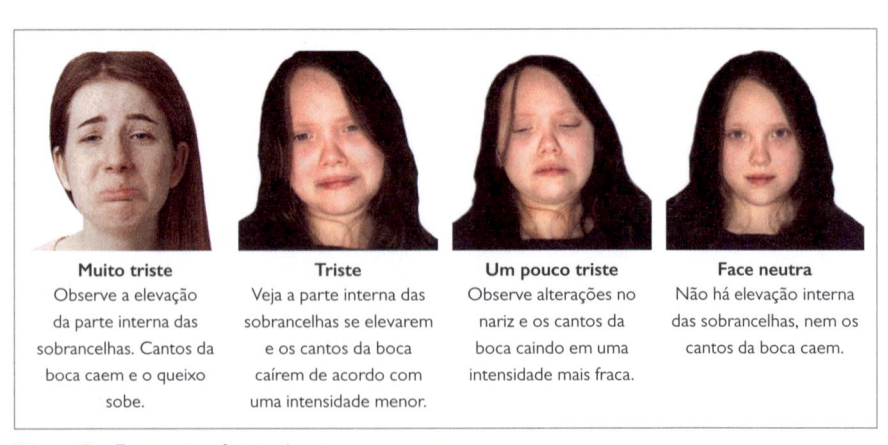

Muito triste	Triste	Um pouco triste	Face neutra
Observe a elevação da parte interna das sobrancelhas. Cantos da boca caem e o queixo sobe.	Veja a parte interna das sobrancelhas se elevarem e os cantos da boca caírem de acordo com uma intensidade menor.	Observe alterações no nariz e os cantos da boca caindo em uma intensidade mais fraca.	Não há elevação interna das sobrancelhas, nem os cantos da boca caem.

Figura 5   Expressões faciais da tristeza.

Nos gestos da tristeza, observe o declínio postural dos ombros e a necessidade e a busca do outro, nesse caso representado por um abraço, como forma de lidar com esse sentimento (*slide* 8.15).

FIGURA 6   Gestos da tristeza.

Tenha o seguinte material impresso, disponibilize lápis de cor e solicite às crianças e adolescentes que desenhem nos rostos do *slide* 8.17 a face dos respectivos sentimentos, lembrando que deverá desenhar as expressões nos olhos, boca, nariz. Aproveite para customizar com cabelo, como desejar. Em seguida, peça que marquem no termômetro abaixo das faces a intensidade com que esse sentimento se apresenta de acordo com os tons de azul: fraco, médio ou forte (*slide* 8.17).

Momento 2 – Atividade ou vivência 2

Com o Jogo de trilha previamente montado no chão, divida o grupo em dois e peça para escolherem um representante para jogar o dado e andar sobre a trilha. O participante que ficar sobre a trilha não terá autonomia para andar sobre ela, mas deverá ser levado por outro integrante do grupo, que o conduzirá de mãos dadas. Os demais participantes irão responder as perguntas ou instruções, à medida em que o dado for sorteado. Espera-se que o participante desenvolva sua percepção sobre diferentes maneiras de lidar com a tristeza, e também se familiarize com a expressão facial e o tom de voz típicos da tristeza, através desta atividade (*slides* 8.18 a 8.21).

As crianças com comportamento disruptivo apresentaram maior dificuldade ao lidar com as perdas nesta atividade. Para esse grupo, trabalhe encurtando a trilha, pois o tempo de espera pode impulsionar a frustração. Além disso, você pode previamente fazer uma reflexão sobre as situações que serão apresentadas, como forma de antecipar as respostas nessas crianças.

Trilha "Lidando com a tristeza":

1. Ande duas casas.
2. Responda a Situação 1: "Quando não posso brincar do que eu quero".
    - Pergunta 1: O que Antônio sentiu?

O instrutor convida uma criança do grupo para fazer a leitura referente à criança e convida um dos pais para fazer a leitura referente à mãe, pedindo que o grupo responda. Se a resposta for a do envelope 1, a criança anda duas casas.

SITUAÇÃO I: "QUANDO NÃO POSSO BRINCAR DO QUE EU QUERO"

Antônio tinha acabado de ganhar um presente lindo por seu aniversário de 5 anos. Um lava-rápido de carrinhos. Porém, o relógio marcava meio-dia e a mãe de Antônio o avisou de que ele precisava se arrumar para ir para a escola. Nesse momento, Antônio se sentiu muito mal.

Envelope I: Tristeza
Antônio percebe que ficou muito triste por ter que deixar seus brinquedos, mas demonstra algumas expressões faciais de zanga e verbaliza:
– Mãe, não gostei!
A mãe responde:
– Filho, eu sei que você gostou muito desse brinquedo, mas agora é hora de ir para a escola. Quando você chegar, seu brinquedo estará aqui e você volta a brincar com ele.
✓ Ande duas casas.

Envelope 2: Raiva
Antônio grita e diz para sua mãe:
– Eu não quero ir para a escola, vai você!!
Ele pega o seu lava-rápido, joga no chão e quebra várias peças.
A mãe de Antônio olha em seus olhos, encosta em seus braços e lhe diz:
– Agora é hora de ir para a escola, eu sei que por trás dessa raiva você está triste, mas porque você agiu mal, vai ficar sem o seu brinquedo.
✓ Volte duas casas.

5. Responda: Qual sentimento pode estar por trás da raiva?
    Resposta: tristeza.
6. Espere.
7. Responda a Situação 2: "Quando zombam de mim".

SITUAÇÃO 2: "QUANDO ZOMBAM DE MIM".

Luís acabou de chegar em um time de futebol. Ele estava muito feliz porque seria o goleiro. Porém, após o último jogo, alguns colegas do seu time começaram a zombar dele e o apelidaram de "mão furada", porque ele não conseguiu defender nenhuma bola do time adversário.

Envelope 1
Luís ficou decepcionado por saber que, na hora que precisou da compreensão de seus colegas, alguns o rejeitaram. Ficou triste e conversou com o técnico que não esperava que isso fosse acontecer, pois havia se preparado para vencer. O técnico reconheceu que ele estava sendo injustiçado e ficou de conversar com os colegas de Luís.
✓ Ande duas casas.

Envelope 2
Luís não suportou ser chamado de "mão furada" e disse:
— Você quer ver mão furada?
E então deu um tapa no colega que o apelidou.
✓ Volte duas casas.

8. Espere.
9. Responda: O que sentimos quando estamos tristes?
10. Ande 10 passos mantendo seus ombros encurvados.
11. Espere.
12. Imite a expressão facial de uma pessoa triste.
13. Espere.
14. Responda a Situação 3: "Quando me sinto solitário".

SITUAÇÃO 3: "QUANDO ME SINTO SOLITÁRIO".

Desde que Luana começou a estudar, nunca tinha se mudado de escola. Hoje, porém, é o seu primeiro dia na nova escola. Todos os seus amigos ficaram em sua antiga escola e ela está lembrando muito deles. Ela se lembra de que Margarida lhe emprestou uma boneca no dia do brinquedo e que sua antiga professora sempre desenhava coraçõezinhos no seu caderno.

Envelope 1
Luana lembrou que desde que soube que mudaria de escola sentiria saudade dos seus amigos, e isso a deixou muito pensativa sobre como seria difícil. Ela lembra que o seu carinho pelos antigos amigos não vai mudar, por isso, Luana decidiu que vai aproveitar o seu recreio para pular corda com seus novos colegas.
✓ Ande duas casas.

Envelope 2
Dia após dia, Luana evitou os seus novos colegas da nova escola e por vezes se trancou no banheiro para chorar e não contou nada para ninguém sobre seus sentimentos.
Finalmente, sua professora percebeu que estava abatida e explicou-lhe que se isolar por muito tempo não iria solucionar sua tristeza.
✓ Volte três casas.

15. Cite algumas formas para lidar com tristeza.

16. Espere.

17. Imite o tom de voz de uma pessoa triste.

18. Responda a Situação 4: "Quando querem que eu seja o melhor em tudo".

SITUAÇÃO 4: "QUANDO QUEREM QUE EU SEJA A MELHOR EM TUDO".

Liliane acaba de chegar em casa com seu boletim, onde constam as notas do bimestre. Todas as suas notas são maiores do que oito, exceto na matéria matemática. Quando Liliane mostra o seu boletim para seus pais, ouve o que ela já temia.

– Mas, minha filha, o que é isso? O que é essa nota cinco nesse seu boletim? Você deveria ser mais estudiosa como o seu irmão.

Envelope I

Liliane se sente muito triste e muito mal com a fala dos pais. Ela não aguenta a angústia e telefona para contar o acontecido para sua melhor amiga, que a ouve, dizendo que entende como deve ter sido difícil para ela. Após ser ouvida pela amiga, Liliane consegue se lembrar das demais notas nas quais se saiu muito bem e pensa que pode recuperar a nota vermelha se dedicando a estudar mais. Seus pais reconhecem que falharam em comparar Liliane ao irmão e resolvem ajudá-la com um plano de estudo.

✓ Ande duas casas.

Envelope 2

Liliane rasgou o seu boletim, bateu a porta e quebrou alguns objetos.

Seus pais entram no seu quarto, expressam que reconhecem que falharam em comparar Liliane ao irmão e resolvem ajudá-la com um plano de estudo, mas que ela ficará uma semana sem a mesada do mês para ir ao cinema.

✓ Volte três casas.

---

19. Espere.

20. Você chegou ao final do jogo! Espere todos os jogadores e você saberá qual o seu prêmio.

O prêmio é um abraço coletivo que alivia a tristeza.

Momento 3 – Revisão

Para finalizar, converse com o grupo sobre a atividade e o que mais chamou a atenção deles nas tarefas da trilha.

Orientações

Sugestão para grupos grandes ou para público de crianças com comportamento de difícil manejo: encurte a trilha para 10 casas.

SESSÃO 9 – RECONHECENDO A RAIVA

Objetivos

- Propiciar o desenvolvimento do reconhecimento das emoções básicas, especificamente da raiva e sentimentos associados.

- Estimular a nomeação adequada da raiva e sentimentos associados a essa emoção.

- Estimular a observação das sensações corporais em si mesmo, correlacionando-as às situações vividas no dia a dia.

- Estimular o autocontrole.

- Estimular resolução de problemas.

Materiais necessários

- *Slides* da Sessão 9.
- Papel sulfite e lápis.
- Jornais velhos (a quantidade deverá ser proporcional ao tamanho do grupo).
- Plástico bolha (aproximadamente 1 metro).

Sugestão de mediação

Para pais, crianças e adolescentes.

Esta sessão pode ser realizada com a quantidade máxima de doze participantes e é aconselhável que seja dividida em dois encontros ou um encontro de 1 hora e 30 minutos.

Momento 1 – Psicoeducação

Mas o que é a raiva? A raiva compõe uma das emoções básicas de valor negativo e o desconforto provocado sinaliza que algo precisa ser mudado[43]. Geralmente, os comportamentos suscitados por essa emoção são gritar, disputar, xingar, ofender, bater, empurrar, possivelmente realizados para eliminar a sensação desagradável[43]. A raiva está diretamente ligada à frustração, e o controle dessa emoção está associado a vivências de experiências anteriores que envolvem a cognição. Já o excesso da raiva está relacionado à violência (*slide* 9.2).

A raiva pode originar sentimentos como a irritação, a frustração, a propensão a brigar verbalmente, o rancor, a vingança e a fúria. Esses sentimentos levam a diversas ações como o ataque, seja físico ou verbal, além de brigas, ruminações sobre o que causou a raiva e ações de suprimir ou esconder a raiva. O estímulo desencadeador da raiva pode ser um sentimento de ameaça ou frustração e sua intolerância leva a prejuízos emocionais e sociais que requerem ajuda profissional[63] (*slides* 9.3 a 9.8).

As reações fisiológicas manifestas na raiva podem variar em sua intensidade de acordo com características biológicas temperamentais, e as contingências ambientais podem favorecer ou dificultar o desenvolvimento adequado dessa emoção[54] (*slide* 9.10). Entre as reações corporais da raiva, sente-se o sangue descendo para os punhos, o corpo se move para ataque, iniciam-se tremores, ranger de dentes e muito suor, o coração bate mais forte, a respiração fica mais curta e rápida, a voz se altera, e por vezes as pessoas até gritam[16] (*slide* 9.9).

Propõe-se identificar como a raiva pode ser expressa a partir das expressões faciais, observando as variações de intensidade que se modificam de acordo com o nível de emoção sentido. Na face neutra, tais expressões aparecem inalteradas (*slide* 9.11).

Nos sentimentos da raiva, observam-se gestos comportamentais como cerrar os punhos, cruzar os braços e confrontar, como demonstrado na Figura 8, ou, ainda, ficar propenso à agitação (*slide* 9.12).

Momento 2 – Atividade ou vivência 1

Explore com as crianças e adolescentes as experiências vivenciadas por eles em momentos de raiva, permitindo que verbalizem, acolhendo as respostas. Caso estejam presentes crianças ou adolescentes com dificuldade para se expressar, apresente algumas situações para essa emoção: sentiu-se injustiçado pelo co-

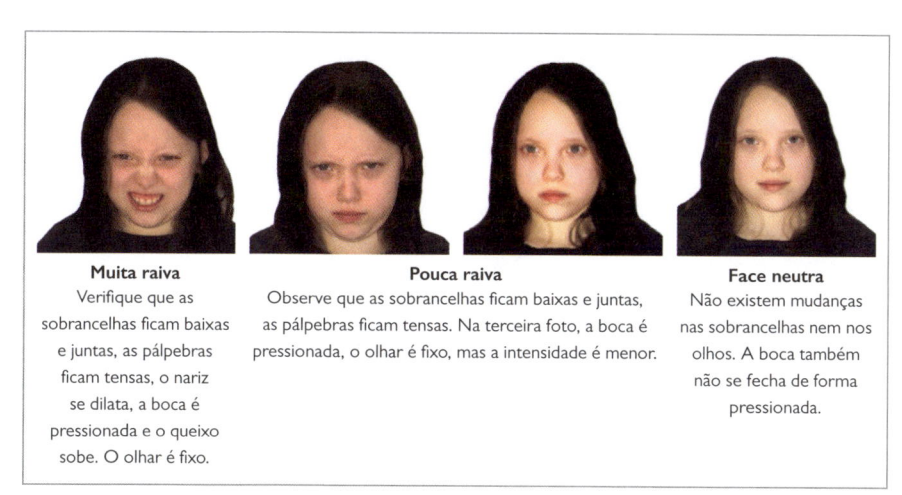

FIGURA 7   Expressões faciais da raiva.
Fonte: adaptada de Ferreira, 2018. p. 37[49].

FIGURA 8   Gestos comportamentais da raiva.

lega; olharam com uma cara feia para a roupa que estava vestindo; não poderá mais jogar *videogame* ou ir à tão sonhada festa de aniversário de uma colega da escola; a amiga que mais admira fechou a cara para você enquanto fazia novos amigos; foi acusado de pegar o material escolar do colega; bateram em você; ameaçaram bater em você no recreio; tirou uma nota baixa; os pais se separaram, você não aceitou e a mãe lhe apresenta um novo namorado; agiu por impulso falando coisas das quais se arrependeu para uma pessoa querida (*slide* 9.13).

A raiva pode vir de alguém de fora, mas também de pessoas que são bem próximas. No entanto, a questão que se impõe é: "O que eu vou fazer com isso?"

Para onde a situação me levaria?" Pense em uma situação que o deixou com raiva. Agora faça o seguinte exercício: isole no pensamento a pessoa por meio de quem a raiva veio e busque as situações que são realmente possíveis de modificar (*slide* 9.14). Aprende-se socialmente que a raiva deve ter um rosto, mas ela é uma emoção que vem de uma situação. Ela pode provocar aborrecimento, irritação, inveja, mágoa, intriga e até mesmo cólera, que podem gerar um descontrole nas ações e comportamentos. Você já se descontrolou em algum momento? Separe ações que pratica quando consegue se controlar da raiva *vs.* ações que pratica quando não assume esse controle, colorindo com verde as situações de controle e vermelho para descontrole (*slides* 9.15 a 9.18).

Distrair-se, seja caminhando ou ouvindo uma música Tentar resolver o problema e não a pessoa ofensora Desatar o nó da garganta, escolhendo as palavras que vai falar no momento da raiva	Agitar-se, seguir o impulso para bater, atirar objetos, agredir	Pensar que é um sentimento ruim, julgar estar contaminado e contaminando o ambiente
Romper relacionamentos, fazendo intrigas, conflitos; xingar e bater	Expressar verbalmente o que sentiu, conversando com um amigo ou alguém de sua confiança. Dirigir-se ao ofensor e buscar uma oportunidade para falar como se sentiu injustiçado, mas com tom de voz brando	Falar de forma áspera, com tom de voz alto e grave
Respirar fundo e esforçar-se para compreender a situação causadora da raiva Dialogar consigo mesmo: "Não foi a pessoa, mas o comportamento dela"	Afastar-se da situação, mantendo-se um tempo sozinho para reestruturar as situações que causaram desconforto. Pensar na possibilidade de a pessoa ofensora estar passando por um problema difícil	Pensar com vingança: "Isso não vai ficar assim"

Explique que o controle da raiva envolve comportamentos como: refletir sobre a situação causadora da raiva; respirar fundo; resolver a situação sem procurar culpados; afastar-se da situação; fazer uma caminhada; expressar verbalmente o que sente em tom de voz brando (*slide* 9.20).

Desenhe ou escreva com suas próprias palavras duas ações e estratégias que você utiliza para controlar a sua raiva (*slide* 9.21).

Momento 3 – Atividade 2

Reflita com o grupo que, ao lidar com a raiva, dois modelos não funcionam: esconder x atacar (*slide* 9.22).

Esconder = metáfora do vulcão	Atacar e defender-se
Assim como um vulcão, cujas erupções são imprevisíveis e causam danos indiscriminados, guardar a raiva pode gerar outros sentimentos como mágoa, revolta, ressentimentos, indignação, fúria, que também podem levar a uma ação, como um desejo fixo e inflexível de agir de forma destrutiva ou vingativa, gerando ainda sentimentos de impaciência e frieza. No nosso corpo, podemos sentir um "nó na garganta" e pode gerar doenças, como dor de cabeça, no estômago (gastrite nervosa).	Quando sentimos raiva podemos ser levados a ações de violência e agressividade, como xingar, maldizer. 

Uma maneira de lidar com a raiva é pensar em estratégias de autocontrole, antes de agir. Especialmente "escolhendo" as palavras que serão usadas para falar com aqueles que o magoaram. Para complementar esse momento, observe o vídeo indicado no *slide* 9.23.

Sugestão de mediação para crianças

Momento 4 – Atividade 3

Apresente ao grupo a história do personagem Ricardo e peça que resolvam o problema enfrentado. O mediador pode dividir a turma e solicitar aos grupos que resolvam as duas questões de Ricardo, baseando-se no que aprenderam no momento 1 (*slides* 9.25 e 9.26).

HISTÓRIA I

Ricardo tinha mudado de cidade recentemente. Assim que chegou à sua nova escola, percebeu que todos os garotos da sala tinham muitos *cards* de Pokémon. Além de se sentir um pouco deslocado porque era novo naquela classe, também se sentia deslocado porque não tinha *cards* para trocar com os seus colegas. Ao chegar em casa, contou para o seu pai e ele prometeu que lhe daria *cards* de Pokémon. Após uma semana de expectativa, Ricardo finalmente ganhou o presente que desejava. Ao chegar à escola, começou a brincar com seus colegas, porém, nem tinha começado a brincar dentro da classe e a professora chegou pedindo que guardassem tudo, para dar início à aula. Ricardo não obedeceu, embora seus amigos logo tivessem guardado os *cards*. A professora insistiu três vezes com Ricardo e ele ainda assim não acatou as orientações dela. Dessa forma, a professora pegou os *cards* de sua mão, guardou na bolsa e disse que ele só teria os *cards* de volta depois da reunião dos pais que seria na próxima semana. Ricardo ficou furioso.

Vamos pensar em duas possibilidades, uma que aumente os problemas que Ricardo poderá enfrentar e outra que seja mais adaptativa e diminua a possibilidade de ele experimentar consequências muito negativas:

1. Explique as reações de Ricardo se ele se permitisse ficar dominado pelo sentimento de raiva. O que ele teria feito nessa condição? O que Ricardo sentiu? Quais sentimentos estavam associados? Como Ricardo se comportou caso ele não tenha sabido lidar com a raiva?

2. Cite como Ricardo se comportou caso ele tenha conseguido controlar a raiva naquele momento. Como ele se sentiu?

Momento 5

Atividade 4

Como agir diante de uma pessoa com raiva? Tom de voz brando e face com músculos relaxados são comportamentos fundamentais nesse momento. Forme duplas, de pais e filhos. Copie o quadro a seguir (*slide* 9.27) e entregue para cada pai/mãe presente e sugira que interpretem juntos com os filhos uma cena real que vivenciam em casa. Dê um modelo para a interpretação, sendo um modelo de entusiasmo nesta tarefa.

AJUDANDO SEU FILHO A LIDAR COM A RAIVA
Ajude-o a observar suas reações emocionais. "O que está sentindo? Mostre-me onde sente." Ampare a criança pedindo para descrever onde sente. É uma sensação no peito?
Reconheça os sentimentos da criança, descrevendo o que está percebendo. "Vejo que está bravo… Podemos conversar?"
Use linguagem não verbal como toque físico. Demonstre expressões faciais compreensivas.
Use um tom de voz brando, afetuoso e disponha-se a ouvir sem fazer avaliações positivas ou negativas.
Ao invés de usar respostas de comando como "Pare com isso", praticar a empatia dizendo "Entendo o que está sentindo, às vezes me sinto assim também…"

Fonte: adaptado de: O cérebro da criança.

Explicar aos os pais que, quando os comportamentos de agressividade já acontecem com uma frequência excessiva, a extinção será eficaz, e deve ser cuidadosamente usada, de acordo com a necessidade da criança, sob a orientação de um profissional.

Atividade 5

Esta atividade consiste em um demonstrativo de autocontrole ou de externalização da raiva. A aplicação desta atividade pode acontecer no término da sessão ou no início, para introduzir a temática da raiva (*slide* 9.28).

Pisar no plástico bolha	Rasgar jornais
Esta atividade tem o objetivo de trabalhar os comportamentos externalizantes. Use plástico bolha e peça às crianças e adolescentes, um a um, que caminhem sobre o plástico bolha, fazendo o possível para não deixar estourar as bolinhas. Após o cumprimento dessa meta, solicite que caminhem à vontade, podendo estourá-las. O objetivo é que as crianças percebam que, assim como tiveram capacidade para se movimentar lentamente sobre os plásticos bolha, também são capazes de se controlar diante de uma emoção difícil.	Esta atividade tem o objetivo de trabalhar os comportamentos internalizantes das crianças. Peça aos participantes que expressem toda sua raiva rasgando os jornais que tiverem em mãos. O sentimento precisa ser controlado, não escondido (mágoa, rancor). Rasgar jornais pode ser uma metáfora para compreensão do quanto é importante canalizar a energia para algo produtivo, como praticar um esporte, aprender a tocar bateria, cantar etc.

SESSÃO 10 – RECONHECENDO O MEDO

Objetivos

- Propiciar o desenvolvimento do reconhecimento do medo e sentimentos associados em si mesmo e no outro.

- Estimular a nomeação adequada do medo e sentimentos associados a essa emoção.

- Estimular a observação das sensações corporais em si mesmo, correlacionando-as às situações vividas no dia a dia.

- Lidar com o medo em si mesmo e no outro.

- Propiciar a resolução de problemas que envolvem situações de medo e sentimentos associados.

Material necessário para crianças

- *Slides* da Sessão 10.
- Boneco 3D ou *slide* 10.23 impresso.
- Tinta para pintar o boneco.
- Folhas de papel sulfite.
- Lápis/caneta.

Sugestão de mediação

Para crianças, pais e adolescentes.

Momento I – Psicoeducação

Mas o que é o medo? O medo é uma emoção básica importante para a preservação e a sobrevivência, caracterizando-se pela resposta adequada a uma situação de perigo[55]. É como um alarme que avisa sobre como reagir a uma situação de perigo. Quando se reconhecem os sinais do medo, consegue-se lidar melhor com ele. Para acessar a ilustração no conteúdo complementar, consulte o *slide* 10.2.

O medo pode dar origem a diversos sentimentos, como ansiedade, inquietação, nervosismo, temor, desespero, horror e terror. Esses sentimentos são os responsáveis pela forma de agir diante das diversas situações ou estímulos que desencadeiam o medo, ficando paralisado, gritando ou se retirando do local física ou mentalmente, ficando indeciso, preocupado, pensando repetidas vezes sobre o ocorrido e evitando física ou mentalmente a situação causadora do medo (*slides* 10.4 a 10.8).

Esses sentimentos são desencadeados por um estímulo ameaçador, seja o perigo real ou irreal, em alguns casos levando a prejuízos emocionais que requerem ajuda profissional, como acontece no transtorno de ansiedade, por exemplo, em que o indivíduo apresenta uma reação exagerada ao estímulo que originou o medo, tornando-se incapaz de enfrentar a ameaça, seja ela real ou não[55].

Como você age quando está com medo? A forma como uma pessoa reage ao medo pode ser explicada por fatores genéticos ou ambientais. Isso significa que a herança genética pode facilitar ou dificultar suas reações diante das situações de medo, mas que o medo também pode ser aprendido observando a reação das pessoas com quem se convive. Um exemplo disso foi citado por Catania (p. 238)[56], sobre como os macacos *rhesus* não possuem medo instintivo de cobras como muitos acreditavam.

> "os macacos mostram medo de cobras através de gritos e outros comportamentos agitados e pela esquiva da cobra. Mesmo que os pais demonstrem medo de cobras, os macacos criados no laboratório, que não tenham tido experiência com cobras, não demonstram medo [...]. Mas se os animais criados no laboratório observam um de seus pais se comportar de modo amedrontado em relação a cobras, eles também se tornam medrosos. Esse medo é intenso e persistente; se for testado três meses depois, ele não terá diminuído. O que eles aprenderam sobre cobras baseia-se apenas na observação do pai com relação à cobra."

Em ambas as situações o medo pode ser superado, contanto que haja disposição e persistência no tratamento, seja ele psicoterápico ou psiquiátrico, já que essa emoção pode exigir elevada atenção para ser contornada de forma efetiva. Consulte os *slides* 10.9 e 10.10.

Vamos agora conhecer sobre como o medo pode ser expresso a partir das expressões faciais. Procure observar as imagens e verifique que, na primeira expressão, há a elevação e junção das sobrancelhas, as pálpebras inferiores estão tensionadas, o lábio e o queixo estão relaxados, o lábio está aberto e pescoço tensionado, em graus ou intensidades que se modificam de acordo com o nível de emoção sentido*. Na face neutra, não há alterações nas sobrancelhas, pálpebras ou nos lábios (*slide* 10.11).

Procure observar o que as imagens da Figura 9 têm em comum.

Os sentimentos desencadeados pelo medo podem ser verificados a partir de gestos, como elevação das mãos até a cabeça, como em um gesto de desespero; morder o lábio inferior, cerrar os dentes ou roer as unhas, como em gestos de apreensão ou inquietação; tapar o rosto usando as palmas das mãos como gesto de vergonha ou temor, além de andar de um lado para o outro representando nervosismo. Veja a ilustração no *slide* 10.12.

As reações encontradas no medo são luta, fuga e paralisação. As reações corporais envolvem os batimentos cardíacos acelerados; sentir o sangue cor-

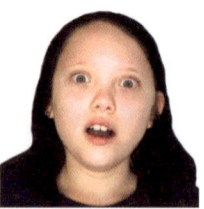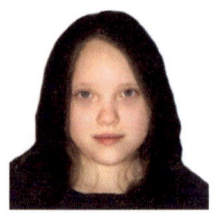

Expressões faciais de medo
Verifique que, em todas as expressões, há a elevação e junção das sobrancelhas, as pálpebras inferiores estão tensionadas, os lábios e o queixo estão relaxados, lábios estão abertos e pescoço tensionado, em graus ou intensidades que se modificam de acordo com o nível de emoção sentido.

Face neutra
Face neutra sem alterações nas sobrancelhas, pálpebras ou nos lábios.

FIGURA 9 Expressões faciais de medo.
Para encontrar mais detalhes, consulte Ferreira, 2018, p. 24[49].

---

*   Para encontrar mais detalhes, consulte Ferreira, 2018, p. 24[49].

rendo para os grandes músculos das pernas; mãos frias e respiração mais profunda e rápida, causando sudorese; tremores ou enrijecimento dos músculos nos braços e pernas; movimento do corpo para trás; e alteração do volume da voz[63]. Veja a ilustração deste texto nos *slides* 10.13 e 10.14.

Segundo Ekman[5], a melhor forma de lidar com o medo em crianças e adolescentes é oferecer-lhes segurança e acolhimento de forma a tranquilizá-los, sem expor o medo percebido. Isso porque o medo, no período da primeira infância, quando associado a ansiedade ou a tipos de estresse** mais fortes, gera alterações na aprendizagem, comportamento, dificultando as estratégias para superá-la[57]. Veja a ilustração no *slide* 10.15.

Ao identificar uma expressão facial relacionada a uma das emoções, é possível realizar uma leitura emocional, todavia, deve-se ter cautela em julgar a emoção tendo em vista que as expressões não revelam sua causa e as emoções não contam o que as ativou, prejudicando uma intervenção adequada ou acolhimento saudável[5].

Agora que você já está apto a reconhecer as expressões faciais do medo e possíveis gestos atribuídos aos sentimentos associados a ele, vamos exercitar com algumas situações.

Momento 2

Atividade I

Peça aos participantes que formem pequenos grupos de pais e filhos e resolvam as seguintes "situações problema para o medo". Nesta atividade, os participantes devem expor suas respostas ao grupo pequeno e, após ouvir o que cada um tem a dizer, refletir sobre a sua conduta em meio às demais respostas. Em seguida, um representante de cada grupo deverá expor uma síntese das respostas do seu grupo. Ao final da atividade, espera-se que os participantes compreendam a diversidade de reações e maneiras de ver e resolver um mesmo problema relacionado ao medo (lutar fugir, congelar), moderando eles mesmos suas próprias reações. Verifique a apresentação nos *slides* 10.16 a 10.19.

** Os tipos de estresse são positivo, tolerável e tóxico. No positivo, acontecem alterações fisiológicas, mas um adulto acolhedor pode mediar a volta das respostas fisiológicas para uma linha de base. No estresse tolerável, há experiências de ameaças mais intensas, como perdas, porém um adulto protetor ajudará na diminuição das reações fisiológicas. No estresse tóxico, existe uma forte, frequente ou prolongada resposta do estresse no corpo, causado por fatores graves com a ausência de um suporte acolhedor de adulto[57].

Um jacaré aparece ao lado de um barco em que você está...

- Qual o nível do medo? Quão grave é o perigo?
- Qual o tempo de reação? (Imediata, tardia, sem reação.)
- Como você enfrentaria essa situação?

Você vê uma pessoa andando com revólver do outro lado da rua...

- Qual o nível do medo? Quão grave é o perigo?
- Qual o tempo de reação? (Imediata, tardia, sem reação.)
- Como você enfrentaria essa situação?

Um adulto agressivo chega em sua casa muito nervoso...

- Qual o nível do medo? Quão grave é o perigo?
- Qual o tempo de reação? (Imediata, tardia, sem reação.)
- Como você enfrentaria essa situação?

Atividade 2

Solicite ao grupo que faça uma dramatização do problema apresentado. Espera-se que os participantes pratiquem a resolução de problemas e experienciem sentimentos relacionados ao medo.

"Imagine que você é bastante tímido e tem pavor de ser o centro das atenções. Certo dia, na sua escola, durante o intervalo de recreio, você tropeça e cai derramando em si mesmo todo o seu refrigerante. Nesse momento, as pessoas ao redor começam a olhar e rir da situação."

A partir dessa encenação, reflita com as crianças quais sentimentos poderiam surgir – vergonha, preocupação, ansiedade, raiva –, mostrando que todos foram originados pelo medo de serem ridicularizadas ou expostas. Consulte a apresentação no *slide* 10.21.

Atividade 3

Solicite às crianças e adolescentes que desenhem e pintem na face do boneco a expressão facial que elas teriam em uma das situações mencionadas anteriormente. Solicite também que demarquem no corpo do boneco locais onde o sentimento de medo também se manifesta (p. ex., calafrio, esfriamento no corpo, aperto no peito). Por fim, solicite que à criança marque a alternativa que corresponde à intensidade do medo em cada boneco. Espera-se que a criança reconheça as sensações corporais no boneco, correlacionando-as às situações vividas no dia a dia, podendo transpor essa sensação para si mesma.

Veja o suporte para essa atividade no *slide* 10.23.

Atividade 4 especial para crianças

Solicite às crianças que imaginem que elas são famosas roteiristas de cinema e que foram convidadas a escrever um filme de horror para crianças. Elas devem escrever com detalhes a sua história em um papel. Após escreverem, distribua as histórias entre o grupo que para cada criança/adolescente leia a história do seu colega. Reflita com o grupo sobre como o medo pode exercer a função de avisar sobre possíveis ameaças, para que a pessoa se prepare para lutar ou fugir.

Em um momento posterior, transponha as reflexões que surgiram para vida real, levando as crianças a perceberem em quais situações lutariam ou fugiriam e em quais situações as reações pareceriam adequadas ou inadequadas. Exemplos: fugir de pessoas em geral por já ter sofrido *bullying* em algum momento da vida; não conversar com o irmão mais velho sobre algo que o desagradou, por medo de ser agredido por ele; faltar na prova por medo de tirar nota baixa; não conseguir se concentrar nos estudos por medo de tirar uma nota baixa e ser punido em casa.

Atividade 5 especial para adolescentes

Proponha ao grupo que aponte as diferenças de atitude para a diminuição de ansiedade, vergonha e atitudes de aumento da ansiedade, com base na experiência vivida por Ana, colocando em prática a seguinte perspectiva: "Você não pode mudar sentimentos, mas pode mudar pensamentos". Esta atividade propicia a resolução de problemas que envolvem situações de sentimentos associados ao medo, mais especificamente da ansiedade. Veja a aplicação a seguir nos *slides* 10.27 a 10.34.

"No meio da aula de química, o celular de Ana tocou, pois ela havia se esquecido de desligá-lo, e era uma regra da escola. Ao perceber a agitação da turma com o ocorrido, o professor, muito seriamente, pede que ela se retire da sala. Ana não consegue se controlar e sai chorando."

Comportamentos que favorecem a diminuição da ansiedade:

- Ana conversou com uma tia em que confiava muito e era a sua confidente e percebeu que a situação vivenciada em sala de aula na verdade a fez reviver uma situação constrangedora que vivenciou no passado, causando um desconforto emocional muito semelhante.
- Ela se lembrou de que seu avô, um senhor muito sério, um dia estava muito bravo e a repreendeu injustamente, deixando-a de castigo por horas enquanto seus pais não estavam em casa. Na época, Ana teve medo de contar para outros adultos, sentiu-se triste e chorou muito.
- Na conversa com sua tia, Ana percebeu a semelhança do que sentiu quando foi repreendida por seu avô e pelo professor, identificando que ambos tinham características semelhantes, eram homens sérios e o sentimento de medo que a fez chorar, na verdade, foi desencadeado pela memória da emoção ruim que teve no passado, não estando realmente relacionada ao professor.
- Ao compreender a origem daquela emoção ruim, Ana percebeu que não precisava mais agir da mesma forma sempre que algo semelhante acontecesse, mas que poderia buscar outras formas de enfrentar seu medo de ser repreendida, diferentemente do que aconteceu no passado com seu avô.

Comportamentos que favorecem o aumento da ansiedade:

- Eu devo ser muito fraca mesmo, ninguém chora quando o professor chama sua atenção em sala de aula. Sou a única que não se controla. Passei a maior vergonha por culpa minha, que esqueci o celular ligado!
- Acho que estou me sentindo assim porque na minha vida tudo sempre dá errado e todos me acham um fracasso.
- Acho que vou pirar com tanto mal-estar.
- É muita fraqueza minha chorar! Por que eu não apenas me desculpei com o professor em vez de sair chorando?

Perguntas para refletir:

- Por que Ana reagiu da mesma forma em situações diferentes? Ana teve uma memória emocional, ou seja, ela reviveu uma emoção vivenciada no passado.

- Quais emoções e sentimentos você identificou na história? Identifique no texto os trechos que correspondem a cada emoção/sentimento.

Possíveis respostas:

- "…. o professor, muito seriamente pede que ela se retire da sala" – medo, raiva
- "Ana não consegue se controlar e sai chorando" – tristeza

Momento 3 – Revisão

Lembre-se de que frequentemente o medo surge após a vivência de experiências negativas sem um suporte emocional apropriado ou acolhedor. Essas experiências podem até parecer pequenas para algumas pessoas, no entanto podem se tornar traumáticas para outras, ficando guardadas na memória e servindo como gatilhos para o medo. Isso significa que aquela emoção guardada pode ser ativada sempre que se vivencia uma situação semelhante àquela que desencadeou a emoção original.

Para reconhecer as emoções relacionadas ao medo, é necessário parar e observar o contexto em que se está imerso, atentar-se aos acontecimentos que antecederam essa emoção e identificar as possíveis situações que a desencadearam.

Realizados os exercícios de reconhecimento das expressões faciais, das reações corporais e das situações referentes ao medo, você estará apto a dar um passo à frente: ajudar a sua criança/adolescente a lidar com situações que lhe causem medo e sentimentos associados. O quadro a seguir apresenta sugestões de comportamentos fundamentadas na experiência das autoras em seus trabalhos com pais de crianças atendidas no IPq-HCFMUSP.

AJUDANDO A CRIANÇA/ADOLESCENTE A LIDAR COM O MEDO

1. Reconheça como verdadeiros os medos da sua criança/adolescente, seja acolhedor sem fugir da realidade. Em situações em que a criança/adolescente sabidamente reagirá com medo ou sentimentos associados, demonstre que compreende seu sentimento e conforte-a falando sempre a verdade, utilizando uma linguagem que ela seja capaz de compreender.
É importante nunca menosprezar ou ironizar os sentimentos das crianças/adolescentes, mas validá-los confortando-os e tranquilizando-os.

2. Demonstre calma mesmo que você também esteja com medo. Faça o melhor que puder para manter uma atitude positiva. Isso contribui para que sua criança/adolescente se sinta segura. Lembre-se da história contada no início da sessão dos macacos *rhesus*.

3. Ofereça à criança/adolescente a vivência de experiências encorajadoras e/ou relaxantes. Uma leitura envolvente, uma música agradável ou mesmo um objeto que de alguma forma transmita segurança à criança/adolescente podem ajudá-la a atravessar um momento difícil de forma menos traumática. Faça uso de técnicas de respiração.

4. Encoraje o enfrentamento. Converse sobre o que causa medo na sua criança/adolescente simulando mentalmente a situação e mentalizando estratégias de enfrentamento.

5. Seja equilibrado e cordial. Ser consistente ao aplicar limites adequadamente sem superproteção ou controle, como usar ameaças que sinalizam um castigo que pais e filhos sabem que não será cumprido.

6. Seja positivo e aceite sua criança. Expresse as qualidades da sua criança, sem usar de negatividade, evitando palavras opressoras em momentos de raiva.

7. Demonstre por meio de palavras ou gestos que compreende a emoção da sua criança/adolescente expressando empatia, indicando a percepção de preocupação. Seja direto em oferecer ajuda.

Para um maior aprofundamento, consulte Kiff et al., 2011[54] e Gomide, 2017[58].

Agora vamos praticar com os pais!

Relembre um momento ou situação em que a sua criança/adolescente vivenciou a experiência do medo e preencha o quadro a seguir.

1. Qual a emoção/sentimento da criança/adolescente diante da situação apresentada?	Medo?
2. Quais as reações corporais quando sente essa emoção/sentimento?	Tremor? Choro? Sudorese? Palpitação? Etc.
3. Quais estratégias você utilizaria para ajudar a sua criança/adolescente?	Pedir que ela respire fundo e continuamente até que as reações diminuam de intensidade Pedir que ela pense na situação e não na pessoa causadora do medo ou sentimento associado

SESSÃO 11 – RECONHECENDO O NOJO E O DESPREZO

Objetivos

- Propiciar o desenvolvimento do reconhecimento do nojo, desprezo e sentimentos associados em si mesmo e no outro.

- Estimular a nomeação adequada do nojo, desprezo e sentimentos associados.

- Estimular a observação das sensações corporais em si mesmo, correlacionando-as às situações vividas no dia a dia.

- Lidar com o nojo e desprezo em si mesmo e no outro.

- Propiciar a resolução de problemas que envolvem situações de nojo, desprezo e sentimentos associados.

Material necessário

- *Slides* da Sessão 11.
- Folhas de papel sulfite.

Sugestão de mediação

Para pais, crianças e adolescentes.

Momento 1 – Psicoeducação

Você sabe o que é nojo e o que é desprezo? Apesar de diversos autores os unirem, optamos por diferenciá-los para que fosse possível abarcar com maior amplitude as necessidades do nosso público-alvo. A começar pelo nojo, os sentimentos associados a essa emoção envolvem a aversão, o descontentamento, a repugnância, o asco, a abominação. O nojo envolve alimentos, cheiros, além de ideias morais e aparências estranhas de animais ou de pessoas. Já o desprezo é direcionado apenas às pessoas e suas ações[5], evocando *status* e poder.

> "...aqueles incertos a respeito do seu próprio status tendem a manifestar desprezo para afirmar sua superioridade sobre os outros."

Converse com as crianças e adolescentes que todos possuem imperfeições, e quando essa realidade não é aceita e a pessoa depara com os próprios erros, ela pode assumir uma postura de negação, acreditando que é superior a alguém da própria espécie, seja em classe social, intelecto ou aparência.

O nojo, por se tratar de uma emoção básica, tem uma grande importância especialmente pelas funções de proteção, contra venenos, doenças e contaminações, além produzir reações à trapaça e outras infrações sociais e morais. O nojo pode ser dividido em concreto *vs.* abstrato, sendo o mesmo que nojo de sujeira *vs.* nojo de ideias preconceituosas. A falta ou excesso dessa emoção pode estar associado a distúrbios psiquiátricos, como transtornos obsessivo--compulsivos, fobias e outros[59] (*slide* 11.2).

Crianças e adolescentes podem apresentar dificuldade em lidar com nojo e desprezo, mas tais dificuldades podem ser superadas, contanto que haja disposição e persistência no tratamento psicoterápico e psiquiátrico. Vamos agora conhecer sobre como o nojo e desprezo podem ser expressos a partir das ex-

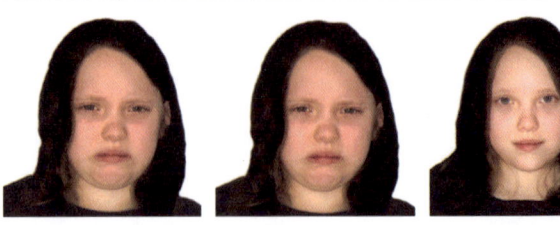

Expressões faciais de nojo
Verifique que, em todas as expressões, há aperto das pálpebras, o nariz fica franzido e o lábio superior sobe, em graus ou intensidades que se modificam de acordo com o nível de emoção sentida***.

Face neutra
Face neutra sem alterações nas pálpebras ou nos lábios.

FIGURA 10   Expressões faciais de nojo.

*** Para encontrar mais detalhes, consulte Ferreira, 2018, p. 24[49].

pressões faciais. Inicialmente com imagens de nojo, procure observar o que essas imagens têm em comum (*slide* 11.4).

Algumas reações provocadas pelo nojo são a náusea, que surge ao ver as entranhas de outra pessoa, especialmente se há sangue, ou quando se está doente[5]. Sua resposta tem a função de distanciar a pessoa do objeto nocivo, sendo comuns gestos como colocar a língua para fora ou tapar a boca ao sentir náusea, tapar o nariz bloqueando a entrada do ar malcheiroso; virar a cabeça para impedir a visão ou mesmo o olfato; ou ainda ficar insensível ao estímulo do nojo[63] (*slide* 11.5).

No desprezo, palavras que podem estar relacionadas a essa emoção incluem desdém, arrogância, esnobe, sarcasmo e envolvem atitudes desencadeadas pelo sentimento de superioridade para com o outro. A ofensa da pessoa que despreza é humilhante, mas nem sempre a faz afastar-se de quem se inferioriza[5]. Alguns gestos observados nessa emoção são a cabeça virada para o lado, os olhos altivos, peitoral inchado manifestando superioridade e braços cruzados como uma sinalização esnobe (*slide* 11.7).

Os atos dos gestos e expressões faciais emitidos como modo de fugir do outro ou de inferiorizá-lo aparentes no nojo e no desprezo, respectivamente, acarretam um risco de abreviar a capacidade de empatia e compaixão, tão valiosas na formação da sociedade. Os sentimentos de empatia e compaixão dizem respeito à reação às emoções de outra pessoa, resultando em uma aproximação favorável[5].

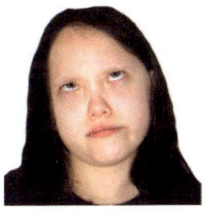 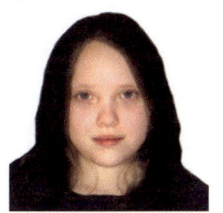

Expressões faciais de desprezo
Verifique que nas expressões há a formação de covinhas na boca, sendo frequente outro sinal, como a elevação de apenas um lado do lábio. Os olhos vão para o lado ou reviram. As pálpebras relaxam, em graus ou intensidades que se modificam de acordo com o nível de emoção sentida (*slide* 11.6).

Face neutra
Face neutra sem alterações nos lábios ou olhos.

FIGURA 11   Expressões faciais de desprezo. Para encontrar mais detalhes, consulte Ferreira, 2018 (p. 24)[49].

Ekman[5] mencionou três tipos de empatia: cognitiva, emocional e compassiva. O domínio da empatia cognitiva é a habilidade de identificar o que o outro sente; já o domínio da empatia emocional é compartilhar o sentimento, sentindo o que o outro está sentindo; a compassiva movimenta a ação de ajudar o outro a lidar com a situação e suas emoções. Estimular esses sentimentos nas crianças e adolescentes é um caminho seguro para desviá-las da rejeição ao outro (*slide* 11.8).

Agora que você já está apto a reconhecer as expressões faciais e gestuais do nojo e do desprezo, vamos exercitar com algumas situações.

Momento 2

Atividade I

Peça aos participantes que formem pequenos grupos de pais e filhos e resolvam as seguintes "situações-problema para o nojo". Nesta atividade, os participantes devem expor suas respostas ao grupo pequeno e, após ouvir o que cada um tem a dizer, refletir sobre sua conduta em meio às demais respostas. Em seguida, um representante de cada grupo deverá expor uma síntese das respostas do seu grupo. Ao final da atividade, espera-se que os participantes compreendam a diversidade de reações e maneiras de ver e resolver um mesmo problema relacionado ao nojo, moderando eles mesmos suas próprias reações (*slides* 11.9 a 11.20).

"Enquanto viajam, seu irmão passa mal e vomita em cima de você…"
- Qual o nível do nojo?
- Como lidar com essa reação?
- Como você enfrentaria essa situação?

"Você vê uma pessoa machucada e sangrando na rua…"
- Qual o nível do nojo?
- Como controlar essa reação?
- Como você enfrentaria essa situação?

"Seu primo ri de você com sarcasmo porque você tem um ritmo lento para jogar…"
- Qual o nível do desprezo?
- Como controlar essa reação?
- Como você enfrentaria essa situação?

Atividade 2

Solicite às crianças e adolescentes que desenhem e pintem na face de cada um dos bonecos a expressão facial que elas teriam em cada uma das situações mencionadas anteriormente. Solicite também que demarquem no corpo do boneco locais onde o sentimento de nojo se manifesta. Por fim, solicite que a criança marque a alternativa que corresponde à intensidade do nojo em cada boneco. Espera-se que a criança reconheça as sensações corporais no boneco, correlacionando-as às situações vividas no dia a dia, podendo transpor essa sensação para si mesma (*slide* 11.21).

Atividade 3

Apresente aos participantes o *slide* 11.22 com as imagens e solicite que eles verbalizem as reações e situações de nojo e sentimentos associados com base no problema a seguir.

Você foi à casa de seu melhor amigo, mas ao chegar deparou-se com algumas situações... O que fazer? Espera-se que a criança reconheça as sensações corporais, correlacionando-as às situações vividas no dia a dia, podendo transpor essa sensação para si mesma.

Atividade 4 especial para crianças

Leia a história ilustrada a seguir e solicite às crianças que expressem como se sentiriam e sugira que respondam os questionamentos (*slides* 11.23 e 11.24).

História de Ricardo

Recentemente, um novo colega ingressou na escola de Ricardo. Ricardo estava voltando da escola quando percebeu atrás de si, sons de outros passos. Roque atravessava o mesmo jardim que ele. Ao olhar para trás, Ricardo percebeu que Roque tinha pisado em muitos dos cocôs de cachorro que havia naquele jardim. Roque, movido por maus pensamentos correu atrás de Ricardo, segurou-o em seus braços e disse: "Peguei você, seu baixinho! Beije agora meus pés!" Por sorte, o guarda do jardim apareceu bem naquele momento e viu a situação, repreendendo Roque em seguida e impedindo-o de prosseguir. O guarda ligou para os pais de ambos e ficou com eles até virem buscá-los.

Responda:

O que Ricardo sentiu quando Roque pediu para que beijasse seus pés?

Em que outras situações podemos sentir uma sensação parecida com a de Ricardo?

Por que você imagina que exista essa sensação no nosso corpo?

Reflexões

Na história, Ricardo sabia que seria contaminado com as fezes. Para Roque, talvez esse objeto do nojo pode não ter representado tanta aversão, pois ele mesmo foi levado a pisar nas fezes. Considerando que os pensamentos de provocação moveram Roque para essa atitude, há a possibilidade de pessoas romperem a barreira do nojo interpretando como natural, invalidando o sentimento do outro.

Momento 3 – Revisão (*slide* 11.25)

Solicite às crianças que desenhem uma situação (vivida por elas ou imaginada) em que se compararam com alguém e, encontrando bons comportamentos no outro e falha em si mesmas, desprezaram essa pessoa. Conversem sobre por que sentir-se inferior incomoda. Dialoguem sobre a realidade desses sentimentos difíceis de lidar. Pergunte às crianças e adolescentes se enxergam semelhanças entre a inveja e o desprezo. Se não conseguirem expressar bem quais são essas relações, explique você mesmo que a inveja leva a querer tomar o que o outro tem e nós não temos. E que o próprio valor reside na existência enquanto seres humanos, não em talentos ou em posses, pois, enquanto espécie, as pessoas são iguais. Além disso, os sentimentos de inferioridade podem apontar as fraquezas e podem sinalizar que algo precisa ser mudado dentro de si. Estimule o grupo a falar sobre coisas que podem deixar de fazer para não se sentirem ridicularizados. Mostre a importância de não desistir de seus objetivos por receio do que outras pessoas irão pensar. Com os adolescentes, use o recurso da escrita, em vez do desenho.

SESSÃO 12 – RECONHECENDO A SURPRESA E O AMOR

Objetivos

- Propiciar o desenvolvimento do reconhecimento da surpresa, amor e sentimentos associados em si mesmo e no outro.

- Estimular a nomeação adequada da surpresa e amor e sentimentos associados a essa emoção.

- Estimular a observação das sensações corporais em si mesmo, correlacionando-as às situações vividas no dia a dia.

- Propiciar a resolução de problemas que envolvem situações de surpresa e amor e sentimentos associados.

Material necessário para crianças

- *Slides* da Sessão 12.

Sugestão de mediação

Para crianças, adolescentes e pais.

Momento 1 – Psicoeducação e atividade ou vivência 1

Segundo Ekman[5], a surpresa é uma emoção breve, com duração restrita a segundos, desencadeada por estímulos inesperados e que geralmente precede outras emoções, boas ou ruins. Percebe-se na surpresa que há uma ativação da atenção para o estímulo que surpreendeu, resultando em expressões faciais características.

Inicie esta atividade, após ter programado uma surpresa para o grupo, para que o grupo possa vivenciar essa emoção. Levando em consideração que esta é última sessão, é possível realizar uma confraternização com bolos e doces dependendo da experiência cultural do grupo com relação a despedidas. Certifique-se, portanto, de não realizar algo que já seja esperado (*slide* 12.2).

Sugestões de surpresa:

- Leve um animal terapeuta para este dia, como um cachorro, ou mesmo outros animais com os quais seja possível que a criança interaja e se divirta, como tartaruga, hamster, porquinho da índia.
- Prepare uma cabine surpresa feita de caixas. Explique que na cabine há algo muito especial e que aqueles que saírem não podem contar ao próximo o que há ali. Ao entrar na cabine, uma criança por vez, verão um espelho e encontrarão uma mensagem motivacional.
- Enfeite a sala levando em consideração os gostos dos participantes ou até com fotografias tiradas durante os encontros. Deixe pequenos recados e mimos espalhados pela sala, ou proponha um jogo de caça ao tesouro com esses mesmos elementos, anexando balas embaixo das cadeiras em que irão sentar. Após a atividade, converse com as crianças e com os pais sobre como foi vivenciá-la e recordem momentos em que viveram ou prepararam surpresas para outras pessoas.

É possível identificar a reação à surpresa por meio da expressão facial, como demonstrado na Figura 12 (*slide* 12.3).

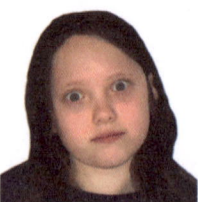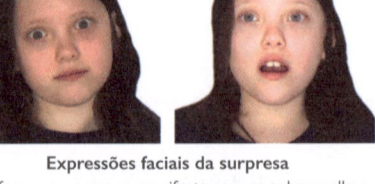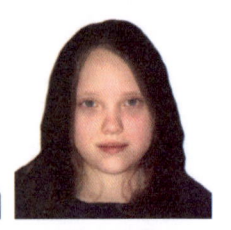

Expressões faciais da surpresa
Na face, a surpresa se manifesta com as sobrancelhas erguidas, a pálpebra superior levantada e o queixo relaxado com os lábios separados ou tomando uma forma oval.

Face neutra
Face neutra sem alterações nas sobrancelhas, pálpebras ou nos lábios.

FIGURA 12 Expressões faciais de surpresa.
Fonte: adaptada de Ferreira, 2018 (p. 31)[49].

Algumas das reações físicas desencadeadas pela surpresa consistem em alterações na voz, como um suspiro alto, na atenção que fica mais aguçada e na postura com movimentos característicos na cabeça, mãos e corpo, conforme Ekman.

É importante destacar que há uma diferença entre a surpresa e o espanto ou susto. Embora haja uma semelhança causada pela rapidez com que o corpo reage a ambos, enquanto a reação à surpresa é inibida quando se conhece previamente o estímulo desencadeador, a reação desencadeada pelo espanto tende a permanecer, visto que é ocasionada por um reflexo, segundo Ekman.

A título de ilustração, pode-se imaginar uma situação em que um indivíduo se depara inesperadamente com uma aranha subindo em seu pé. Sua reação de afastamento do animal peçonhento devido ao susto é instantânea, visto que é um reflexo. Por outro lado, pode-se imaginar também que essa pessoa é avisada com antecedência sobre a proximidade do animal. Nesse caso, apesar de ainda haver o estímulo desencadeador do susto (a aranha), não haverá a surpresa e sua reação de afastamento ou não do animal dependerá de outras emoções que sucedem a surpresa, como o medo, por exemplo.

Para fechar os encontros, será discutida a última emoção/sentimento, o amor. O amor é uma emoção básica para a existência por envolver especialmente o apego, tendenciando ao cuidado, à valorização do outro, à cura e à capacidade reprodutiva dando continuidade à espécie humana. Algumas das reações comportamentais nessa emoção são as ações de aproximação ou de sentir-se confiante e enérgico por causa do outro, de forma semelhante à alegria, já que ambas são emoções agradáveis[18] (*slide* 12.4).

Entre os sentimentos relacionados ao amor estão o afeto, a apreciação, estima, admiração, amizade, benevolência. Os comportamentos mais comumente relacionados ao amor são comunicar-se, respeitar, comprometer-se, aproximar-se, apoiar e relacionar-se. Alguns tipos de amor são o amor parental (entre pais e filhos), o amor pela vida, o amor romântico e o carinho entre irmãos e amigos[18] (*slides* 12.5 a 12.7).

Ao nascer, o ser humano, assim como os outros mamíferos, necessita de cuidados sem os quais não é capaz de sobreviver. Durante o seu desenvolvimento, amor, afeto e disciplina compõem os cuidados essenciais para o pleno desenvolvimento do indivíduo[60]. Porém o excesso ou déficit de amor e afeto podem ser indicadores de patologias, como no caso de ciúme patológico de quem se ama.

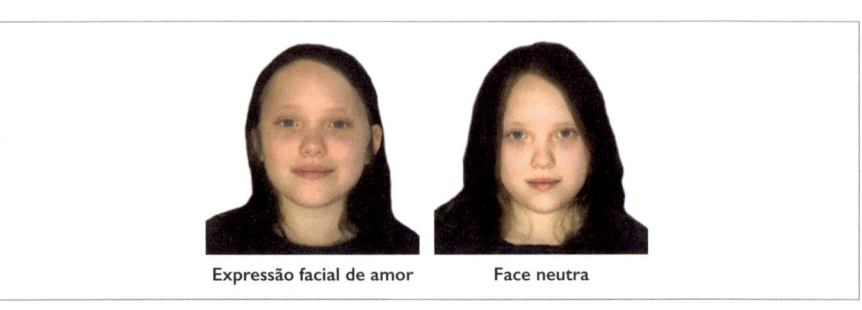

Expressão facial de amor   **Face neutra**

FIGURA 13   Expressão facial de amor.

Apesar de não haver um mapeamento para as expressões faciais de amor, algumas descrições encontradas para essa emoção são os músculos do rosto relaxados, sorriso leve, olhos ternos ou brilho no olhar[18].

Alguns gestos comumente encontrados nos sentimentos associados ao amor podem ser percebidos em ações como abraçar, beijar, dar presentes, orar pelas pessoas[18]. Na cultura brasileira também se observam gestos de amor, como sinalizando um coração com as mãos, o amor pelos animais (*slides* 12.8 a 12.12).

Momento 2

Atividade 1 (*slides* 12.13 e 12.14)

Nesse momento, estimule o grupo a falar sobre suas expressões de afeto. Peça às crianças e aos pais que escrevam separadamente quais são as atitudes que mais gostam de receber como demonstração de amor. Crianças escrevem e os pais têm que adivinhar, e pais escrevem e as crianças têm que adivinhar. Após esse momento, o que for possível de ser realizado no grupo, sugira que coloquem em prática. Estimule o grupo a trazer da memória os momentos, se existiram, em que não podiam se abraçar, destacando a importância desse afeto.

Reforce com os participantes a importância de demonstrar carinho usando a escrita, por meio de bilhetes afetivos, em meio aos avisos de regras, que geralmente os pais usam por escrito. Proponha que as crianças e adolescentes escrevam bilhetes de gratidão aos pais e que os pais escrevam bilhetes de gratidão aos filhos, valorizando os momentos em que se sentiram amados.

Atividade 2

Apresente as histórias nos *slides* 12.15 a 12.19. Em seguida, peça que os participantes correlacionem o trecho da história apresentado com uma das palavras escritas nos cartões. Você pode ler cada trecho com todos os participantes nos *slides*.

Amor

Lorena escreveu em seu diário sobre o dia mais feliz da sua vida. Tudo começou numa manhã de domingo quando ela recebeu uma visita surpresa da tia e primas que há tempos não via. Naquele dia, Lorena acordou e foi até a cozinha onde encontrou as suas visitas lhe esperando para um café da manhã em família. O reencontro foi marcado por um abraço muito apertado e então se sentaram à mesa para tomar café da manhã. Naquele momento, o pensamento de Lorena estava totalmente presente naquela situação e nada mais a preocupava.

Gratidão

Após o café, Lorena e as primas foram brincar no quintal e depois de algumas horas estavam exaustas de tanto correr, quando o pai de Lorena apareceu com uma jarra cheinha do suco que elas mais gostavam. A alegria foi tão grande que elas abraçaram o pai.

Admiração

Lorena estava tão cansada que a única coisa que conseguiu fazer após tomar seu suco foi deitar na grama verdinha, com as mãos por trás da cabeça, olhar para o céu, percebendo toda sua beleza e, ao mesmo tempo, revendo em sua mente toda essa situação que acabara de viver.

Esperança

O dia seguiu assim, cheio de boas aventuras. Assim que anoiteceu, o tio de Lorena chegou à sua casa para buscar sua tia e primas. Lorena deu um longo abraço em cada uma e guardou no seu coração o que elas lhe disseram: nos vemos no próximo fim de semana.

Atividade 3 – Especial para adolescentes (*slides* 12.20 a 12.24)

Apresente a história aos participantes e identifique a seguir ao menos dois sentimentos associados ao amor.

GRATIDÃO, AMOR, AMIZADE

Robson costumava ser o melhor jogador do seu time. Ele jogava há muito tempo no time da escola e soube que um olheiro iria observá-lo no próximo jogo. Todo mundo ficou um pouco surpreso, porque, afinal, os olheiros não avisam quando vão observar um time jogando. Mas, por algum motivo, essa informação havia vazado. Ao saber da notícia, Robson comentou com o seu grande amigo e parceiro de jogo, Kleber:
– Mano, essa é a chance da minha vida!

E Cléber respondeu:
– Vai que é tua, moleque, é *nóis*!
Eles eram amigos inseparáveis, mas Kleber tinha outros sonhos para sua vida, enquanto Robson sonhava em ser jogador profissional. A família de Kleber poderia ajudá-lo financeiramente a pagar sua faculdade e ele teria tempo para se dedicar também ao futebol. Robson, por sua vez, depositava no futebol a esperança de um futuro melhor, já que não podia contar com o apoio financeiro de sua família para custear sua formação. Então, via no futebol uma grande chance de conquistar seus sonhos e dar para sua família um futuro melhor. O grande dia chegou e o olheiro estava lá observando justamente à final do campeonato onde os garotos jogavam. Diziam que Robson seria o artilheiro do time, no entanto, o nervosismo era tanto que ele não conseguia fazer um gol. Haviam se passado 40 minutos do segundo tempo e nada! Foi quando Kleber, de cara para o gol, deu o passe para Robson. Ele poderia ter feito aquele gol, mas preferiu dar a chance ao amigo. Robson então, deu o melhor de si, fez um lindo gol de bicicleta impressionando o olheiro e a todos os que assistiam. Aquele dia mudou sua vida e ele foi escolhido para fazer fazer parte do time que tanto sonhava. Passado alguns meses, Robson não esquecera a atitude do amigo, e já em sua nova vida como jogador profissional, fez uma surpresa para o amigo, oferecendo a Kleber e sua família uma semana inteira num hotel com os jogadores do seu time.

Atividade 4 – Revisão

Proponha às crianças e adolescentes que escrevam situações em que vivenciaram os sentimentos a seguir e peça que imaginem em como ampliar suas ações caso elas já existam e como construir novas ações para fortalecer esses sentimentos. Lembrando que o amor envolve afeição e ações de cuidado com o outro.

"Se este círculo contivesse todas as suas emoções, quanto de amor ele teria? Represente esta quantidade em uma fatia reservada ao amor, deixando a outra parte do círculo que representa os outros sentimentos em branco (*slide* 12.25)."

"Esperança significa esperar o melhor para o próprio futuro e daqueles que estão ao redor! Onde está a sua esperança? O que você faz para aumentá-la? (*slide* 12.26)"

REFERÊNCIAS BIBLIOGRÁFICAS

1. Rodrigues H, Rocha FL. Uma definição constitutiva de emoções: a constitutive definition of emotions. Revista Húmus. 2016;5(15):18-32.
2. Leahy RL, Tirch D, Napolitano LA. Regulação emocional em psicoterapia. Porto Alegre: Artmed; 2013.
3. Bear MF, Connors BW, Paradiso MA. Neurociências: desvendando o sistema nervoso. 4. ed. Porto Alegre: Artmed, 2017.
4. Darwin C. A expressão das emoções no homem e nos animais. São Paulo: Companhia das Letras; 2000.
5. Ekman P. A linguagem das emoções. v. 1. São Paulo: Lua de Papel; 2011.
6. Ekman P, Friesen WV. Unmasking The Face. v. 1. EUA: Malor Books, 2003.
7. Andrade NC, Carvalho C, Lucci TK, Argollo N, Mello CB, Abreu N. Reconhecimento de emoções: reflexões para a promoção de saúde na primeira infância. In: Mecca TP, Dias NM, Berberian AA, organizadores. Cognição social: teoria, pesquisa e aplicação. São Paulo: Mennon; 2016. Cap 2, p.24-41.
8. Rocca CCA, Heuvel EVD, Caetano SC, Lafer B. Facial emotion recognition in bipolar disorder: a critical review. Revista Brasileira de Psiquiatria. 2009;31(2):171-80.
9. Tanaka A, Akamatsu N, Yamano M, Nakagawa M, Kawamura M, Tsuji S. A more realistic approach, using dynamic stimuli, to test facial emotion recognition impairment in temporal lobe epilepsy. Epilepsy & Behavior. 2013;28(1):12-6.
10. Damásio AR. O erro de Descartes: emoção, razão e o cérebro humano. São Paulo: Companhia das Letras; 1996.
11. Ledoux JE, Damásio AR. Emoções e sentimentos. In: Kandel ER, Schwartz JH, Jessell TM, Siegelbaum SA , Hudspeth AJ, organizadores. Princípios de Neurociências. 5. ed. Porto Alegre: Artmed; 2015. Cap. 48.
12. Muszkat M, Araripe BL, Andrade NC, Muñoz POL, Mello CB. Neuropsicologia do autismo. In: Fuentes D, Malloy-Diniz LF, Camargo CHP, Consenza RM, orgs. Neuropsicologia: teoria e prática. 2. ed. Porto Alegre: Artmed; 2014. Cap. 13, p. 183-91.
13. Javed A, Charles A. The importance of social cognition in improving functional outcomes in schizophrenia. Front Psychiatry. 2018;9:157.
14. Couture SM, Penn DL, Roberts DL. The functional significance of social cognition in schizophrenia: a review. Schizophr Bull. 2006;32 Suppl 1(Suppl 1):S44-63.
15. Pinkham AE, Penn DL, Green MF, Buck B, Healey K, Harvey PD. The social cognition psychometric evaluation study: results of the expert survey and RAND panel. Schizophrenia Bulletin. 2014;40(4):813-23.
16. Freitas-Magalhães A. A psicologia das emoções: o fascínio do rosto humano. Porto: Ed. Edição D Autor; 2013.

17. Kohler CG, Turner TH, Bilker WB, Brensinger CM, Siegel SJ, Kanes SJ, et al. Facial emotion recognition in schizophrenia: intensity effects and error pattern. The American Journal of Psychiatry. 2003;160(10):1768-74.
18. Shaver PR, Morgan HJ, Wu S. Is love a "basic" emotion. Personal Relationships. 1996;3(1):81-96.
19. Caminha RM, Caminha MG. Baralho da regulação e proficiência emocional. 1. ed. Sinopsys; 2016.
20. Adolphs R. Neural systems for recognizing emotion. Current Opinion in Neurobiology. 2002;12(2):169-77.
21. Adolphs R. The neurobiology of social cognition. Current Opinion in Neurobiology. 2001;11(2):231-9.
22. Butman J, Allegrr RF. A cognição social e o córtex cerebral. Psicologia: Reflexão e Crítica. 2001;14(2):275-9.
23. Esperidião-Antonio V, Majeski-Colombo M, Toledo-Monteverde D, Moraes-Martins G, Fernandes JJ, Assis MB, et al. Neurobiologia das emoções. Rev Psiq Clin. 2008;35(2):55-65.
24. Walle EA, Reschke PJ, Camras LA, Campos JJ. Infant differential behavioral responding to discrete emotions. Emotion. 2017;17(7):1078-91.
25. Ogren M, Burling JM, Johnson SP. Family expressiveness relates to happy emotion matching among 9-month-old infants. J Exp Child Psychol. 2018;174:29-40.
26. Schmitow CA. The social world through infants eyes: how infants look at different social figures. Uppsala: Acta Universitatis Upsaliensis; 2012.
27. Lawrence K, Campbell R, Skuse D. Age, gender, and puberty influence the development of facial emotion recognition. Front Psychol. 2015;6:761.
28. American Psychiatry Association (APA). Manual diagnóstico e estatístico de transtornos mentais, 5. ed. Porto Alegre: Artmed; 2014.
29. Assumpção JR, Francisco B, Sprovieri MH, Kuczynski E, Farinha V. Reconhecimento facial e autismo. Arq Neuro-Psiquiatr. 1999;57(4):944-9.
30. Uljarevic M, Hamilton A. Recognition of emotions in autism: a formal meta-analysis. J Autism Dev Disord. 2013;43(7):1517-26.
31. Griffiths S, Jarrold C, Penton-Voak IS, Woods AT, Skinner AL, Munafò MR. Impaired recognition of basic emotions from facial expressions in young people with autism spectrum disorder: assessing the importance of expression intensity. J Autism Dev Disord. 2019;49(7):2768-78.
32. Collin L, Bindra J, Raju M, Gillberg C, Minnis H. Facial emotion recognition in child psychiatry: a systematic review. Res Dev Disabil. 2013;34(5):1505-20.
33. Silva AIP. Reconhecimento de expressões emocionais em crianças com queixas de comportamento ansioso e problemas do pensamento [tese]. Brasília: Universidade de Brasília; 2017.
34. Marta GR, Doretto VF, Scivoletto S. Maltreatment and emotion recognition among Brazilian adolescents. Front Psychiatry. 2018;9:625.
35. Pfaltz MC, Passardi S, Auschra B, Fares-Otero NE, Schnyder U, Peyk P. Are you angry at me? Negative interpretations of neutral facial expressions are linked to child maltreatment but not to posttraumatic stress disorder. Eur J Psychotraumatol. 2019;10(1):1682929.
36. Gaete J, Sánchez M, Nejaz L, Otegui M. Mental health prevention in preschool children: study protocol for a feasibility and acceptability randomised controlled trial of a cultu-

rally adapted version of the I Can Problem Solve (ICPS) Programme in Chile. Trials. 2019;20(1):158.

37. Domitrovich CE, Cortes RC, Greenberg MT. Improving young children's social and emotional competence: a randomized trial of the preschool "PATHS" curriculum. J Prim Prev. 2007;28(2):67-91.

38. Humphrey N, Barlow A, Wigelsworth M, Lendrum A, Pert K, Joyce C, et al. A cluster randomized controlled trial of the Promoting Alternative Thinking Strategies (PATHS) curriculum. J Sch Psychol. 2016;58:73-89.

39. Shure MB, Spivack G. Interpersonal problem-solving in young children: a cognitive approach to prevention. Am J Community Psychol. 1982;10(3):341-56.

40. Sevos J, Grosselin A, Gauthier M, Carmona F, Gay A, Massoubre C. Cinemotion, a program of cognitive remediation to improve the recognition and expression of facial emotions in schizophrenia: a pilot study. Front Psychiatry. 2018;9:312.

41. Golan O, Ashwin E, Granader Y, et al. Enhancing emotion recognition in children with autism spectrum conditions: an intervention using animated vehicles with real emotional faces. J Autism Dev Disord. 2010;40(3):269-79.

42. Yan Y, Liu C, Ye L, Liu Y. Using animated vehicles with real emotional faces to improve emotion recognition in Chinese children with autism spectrum disorder. PLoS One. 2018;13(7):e0200375.

43. Lent R. Cem bilhões de neurônios: conceitos fundamentais de neurociência. São Paulo: Atheneu; 2001. Cap. 20.

44. Siegel DJ, Bryson TP. O cérebro da criança: 12 estratégias revolucionárias para nutrir a mente em desenvolvimento do seu filho e ajudar sua família a prosperar. Tradução Cássia Zanon. 1. ed. São Paulo: nVersos; 2015.

45. Michael J. What are shared emotions (for)? Front Psychol. 2016;7:412.

46. Kircanski K, Lieberman MD, Craske MG. Feelings into words: contributions of language to exposure therapy. Psychol Sci. 2012;23(10):1086-91.

47. Moreira MB, Medeiros CA. Princípios básicos de análise do comportamento. 2. ed. Porto Alegre: Artmed; 2019.

48. Hadjikhani N, Zurcher NR, Lassalle A, Hippolyte L, Ward N, Johnels JÅ. The effect of constraining eye-contact during dynamic emotional face perception—An fMRI study. Soc Cogn Affect Neurosci. 2017;12(7):1197-207.

49. Ferreira C. Escritos sobre a mensuração científica da face humana: vol. 1 – O guia do emocionauta. CICEM; 2018.

50. Fredrickson BL. The role of positive emotions in positive psychology. The broaden-and--build theory of positive emotions. Am Psychol. 2001;56(3):218-26.

51. Rizzolatti G, Sinigaglia C. Mirrors in the Brain: How Our Minds Share Actions, Emotions. Oxford University Press; 2008.

52. Lear K. Ajude-nos a aprender. (Help us Learn: A Self-Paced Training Program for ABA Part 1: Training Manual). Traduzido por Windholz MH, Vatavuk MC, Dias IS, Garcia Filho AP, Esmeraldo AV. Canadá; 2014.

53. Arias JA, Williams C, Raghvani R, Aghajani M, Baez S, Belzung C, et al. The neuroscience of sadness: a multidisciplinary synthesis and collaborative review. Neurosci Biobehav Rev. 2020;111:199-228.

54. Kiff CJ, Lengua LJ, Zalewski M. Nature and nurturing: parenting in the context of child temperament. Clin Child Fam Psychol Rev. 2011;14(3):251-301.

55. Rangé B et al. Psicoterapias cognitivo-comportamentais: um diálogo com a psiquiatria. 2. ed. Porto Alegre: Artmed; 2011.
56. Catania AC. Comportamento, linguagem e cognição. Porto Alegre: Artmed; 2008.
57. Shonkoff JP, Garner AS; Committee on Psychosocial Aspects of Child and Family Health; Committee on Early Childhood, Adoption, and Dependent Care; Section on Developmental and Behavioral Pediatrics. The lifelong effects of early childhood adversity and toxic stress. Pediatrics. 2012;129(1):e232-46.
58. Gomide PIC. Pais presentes, pais ausentes: regras e limites. Petrópolis: Vozes; 2017.
59. Widen SC, Russell JA. Children's recognition of disgust in others. Psychol Bull. 2013;139(2):271-99.
60. Weber L. Eduque com carinho: equilíbrio entre amor e limites. 2. ed. Revista e atualizada. Curitiba: Juruá; 2007.
61. Linehan M. Treinamento de habilidades em DBT: manual de terapia comportamental dialética para o paciente. 2. ed. Porto Alegre: Artmed; 2017.
62. Fruzzetti, Alan E., Ruork, Allison. Validation principles and practices in dialectical behavior therapy. The Oxford Handbook of Dialectical Behaviour Therapy. Oxford Handbooks Online; 2018.
63. Ekman e Ekman (s.d.). The Ekmans' Atlas of emotion. Recuperado em 17 de Março de 2021. Disponível em: http://atlasofemotions.org/.

ÍNDICE REMISSIVO

SESSÃO 1

PSICOEDUCAÇÃO: NOSSAS EMOÇÕES!

Não está autorizada a veiculação das imagens dos *slides* em eventos, mídias digitais ou na divulgação do material.

Descreva ou defina o que você entende sobre **emoção**.

TREINO EM RECONHECIMENTO DE EMOÇÕES | SESSÃO 1 | manole

O que são as emoções?

- Elas associam-se a ação.
- Envolvem comportamentos falados e não falados.
- Provocam reações corporais e faciais.
- São sinais perceptíveis a si mesmo e aos outros, por meio das representações gestuais, posturais, vocálicas e faciais.

SLIDE 1.3

TREINO EM RECONHECIMENTO DE EMOÇÕES | SESSÃO 1 | manole

Como percebemos as emoções em nós e no outro?

Adivinhe a emoção...

SLIDE 1.4

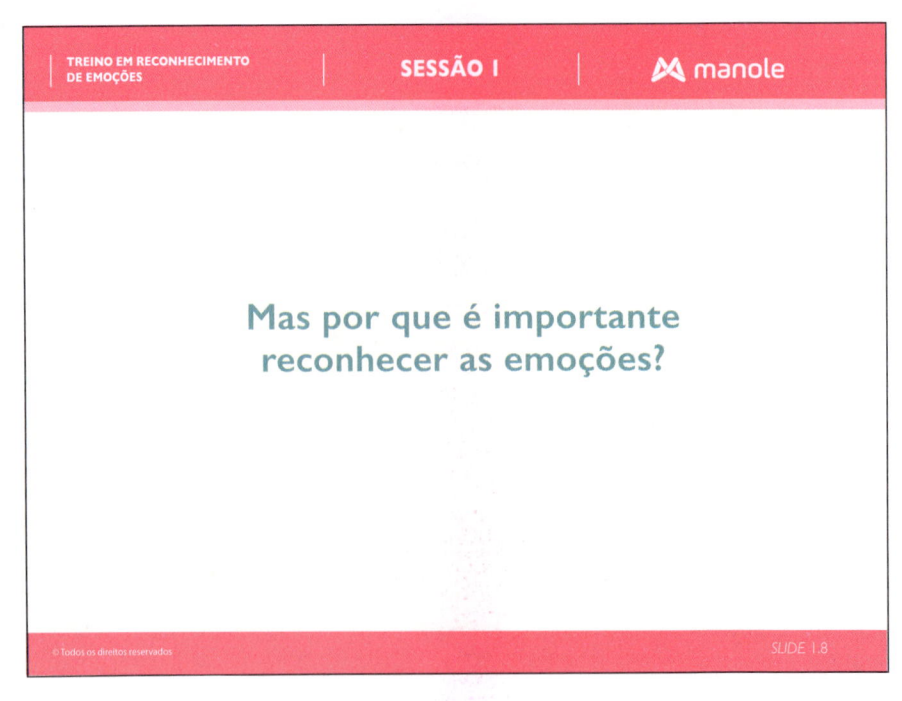

- Para regular as nossas emoções, percebê-las, identificá-las, compreendê-las e manejá-las.

- Permite a resolução de problemas, tomar decisões, cumprir metas, controlar as emoções.

- Aceitar as emoções positivas ou negativas contribui para maior qualidade de vida, maior contato com a realidade, faz com que as pessoas reajam emocionalmente de modo apropriado às situações do cotidiano (Leahy et al., 2013).

Discuta com o grupo os prós e contras de cada situação, levando em conta a satisfação interna e a manutenção dos relacionamentos sociais...

Para ter um celular, o que você precisa considerar? Como você se planejaria para essa compra? Consegue guardar todo o dinheiro e abrir mão de pequenas satisfações mensais até conquistá-lo?

© Todos os direitos reservados · SLIDE 1.11

Qual planejamento daria mais certo?

1) Pegar todo o dinheiro da sua mesada durante 5 meses sem sair e sem gastar com passeios e/ou lanches, ficando em casa para economizar.

2) Reduzir os seus gastos e sair, mas deixar 1 passeio pago por mês e sair para lugares onde não precise gastar, levando 7 meses para conseguir o celular.

© Todos os direitos reservados · SLIDE 1.12

ANALISANDO...

1) Se considerar apenas a primeira possibilidade, você estará considerando ou desprezando as emoções?

2) Se responder com a segunda possibilidade, qual emoção está considerando? Quais as consequências para essa resposta?

SLIDE 1.13

Identifiquem nas alternativas 1 e 2 quais emoções foram desconsideradas e quais foram consideradas para um melhor planejamento para comprar o celular.

SLIDE 1.14

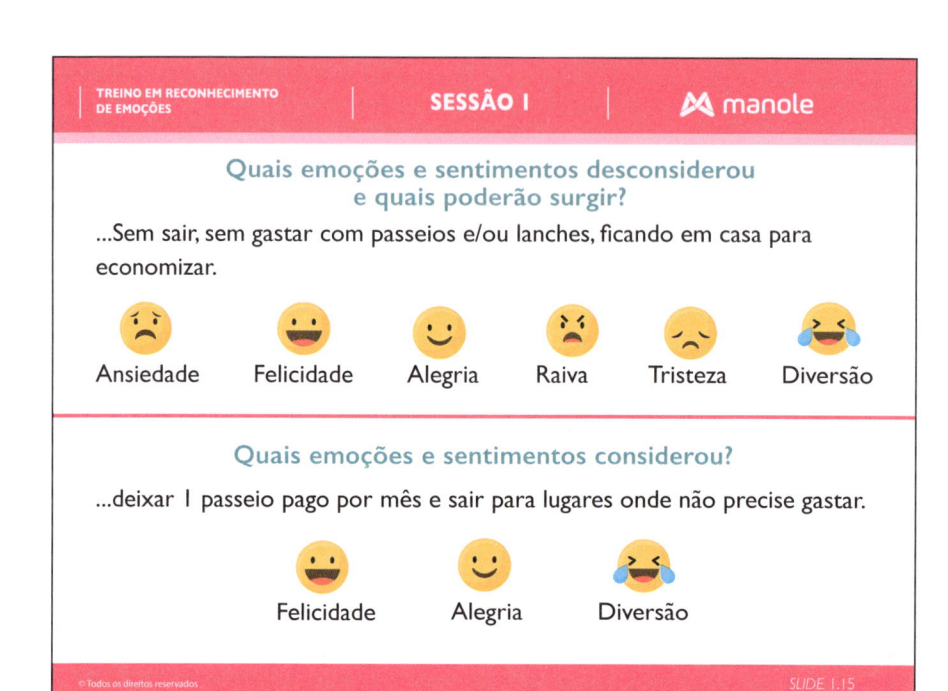

SLIDE 1.15

TREINO EM RECONHECIMENTO
DE EMOÇÕES

SESSÃO I

manole

"Todos os sábados meus pais e eu comemos um bolo que a mamãe faz, reunidos à mesa com uma agradável companhia... Quando é sexta feira, já estou feliz esperando por esse momento!".

Com o passar dos anos, as memórias dessa prática poderão ser prazerosas, mas se um óbito de alguém importante acontecer nesse mesmo dia, posso ressignificar esses momentos.

SLIDE 1.16

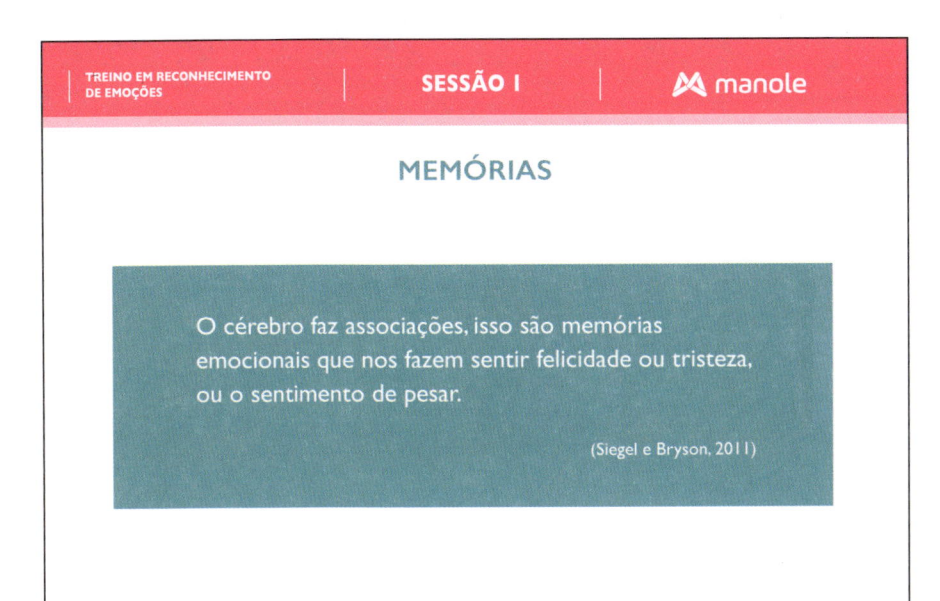

MEMÓRIAS

O cérebro faz associações, isso são memórias emocionais que nos fazem sentir felicidade ou tristeza, ou o sentimento de pesar.

(Siegel e Bryson, 2011)

SLIDE 1.17

O que esses rostos comunicam?

SLIDE 1.18

Como agir com a emoção no outro?

SLIDE 1.19

SLIDE 1.20

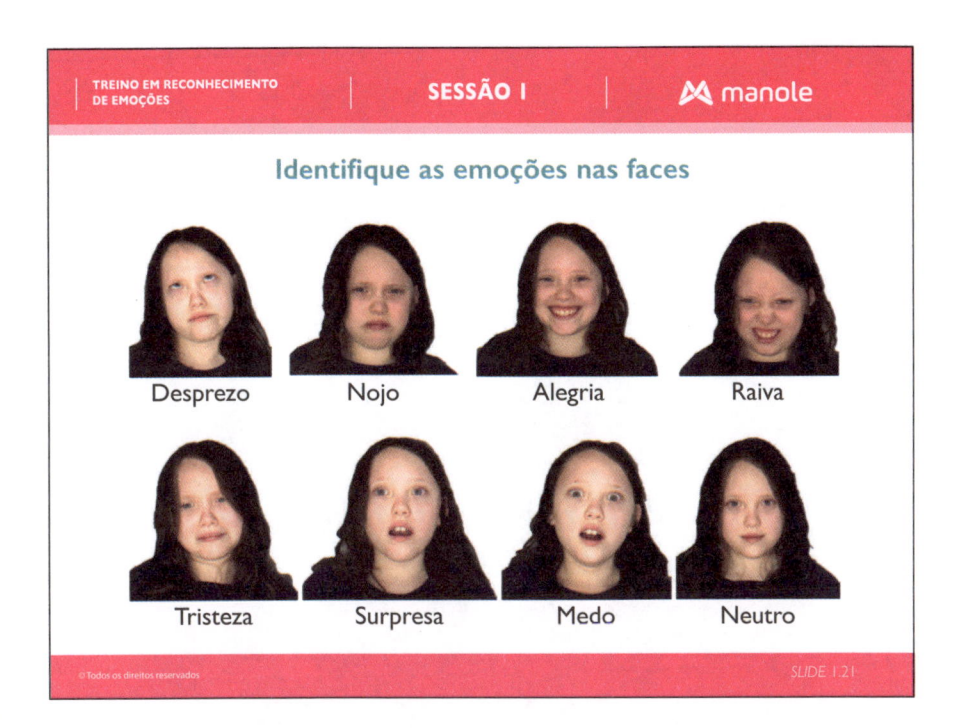

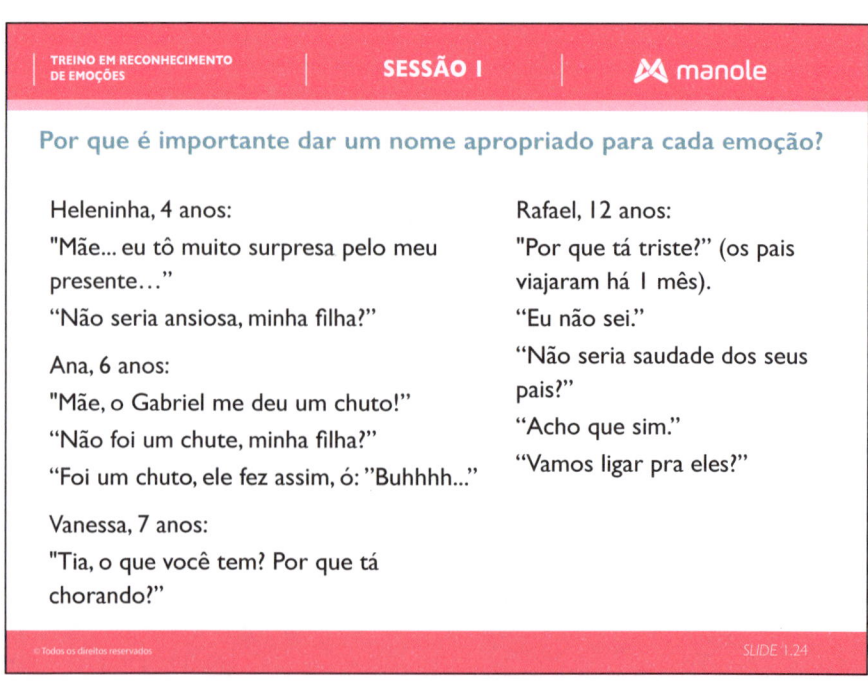

SESSÃO 2

EMOÇÕES BÁSICAS: INTEGRANDO EMOÇÕES, SENSAÇÕES E SITUAÇÕES

Não está autorizada a veiculação das imagens dos *slides* em eventos, mídias digitais ou na divulgação do material.

SLIDE 2.1

Emoções básicas

- As emoções básicas se apresentam universalmente na espécie humana.
- Mas por que compreender as emoções?
- Por que é importante reconhecer o que estamos sentindo e dar um nome apropriado a este sentimento?

SLIDE 2.2

Descreva a situação representada nas imagens a seguir e indique duas palavras que representem o que sentem:

SLIDE 2.5

"Eu me sinto tranquilo e relaxado quando deito vendo uma paisagem."

SLIDE 2.6

SLIDE 2.7

SLIDE 2.8

SLIDE 2.9

SLIDE 2.10

SLIDE 2.13

SLIDE 2.14

SLIDE 2.17

SLIDE 2.18

NOJO

Abominação

Aversão

Repugnância

Desagrado

Aborrecimento

Asco

Descontentamento

Fonte: http://atlasofemotions.org/#actions/enjoyment

SLIDE 2.25

DESPREZO

Desdém

Orgulho

Descaso

Vaidade

Desafeição

Altivez

Depreciação

Fonte: http://atlasofemotions.org/#actions/enjoyment

SLIDE 2.26

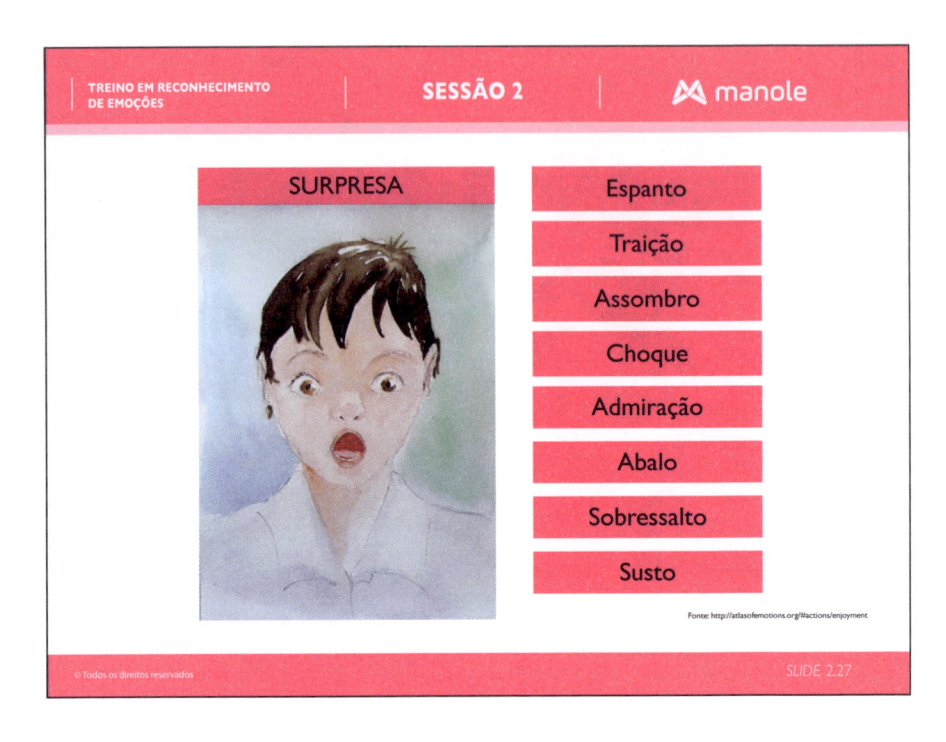

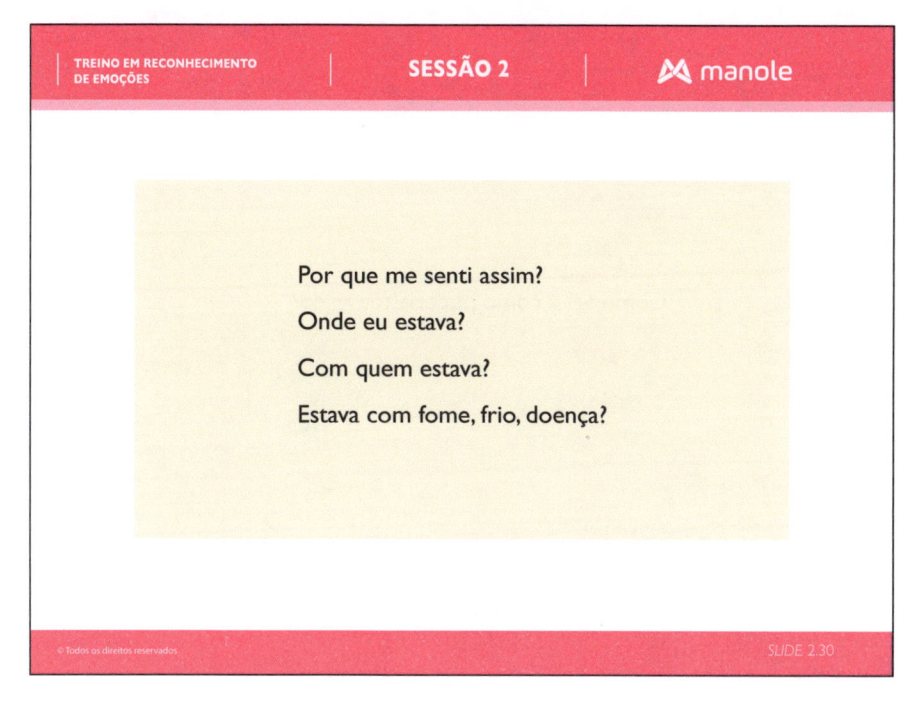

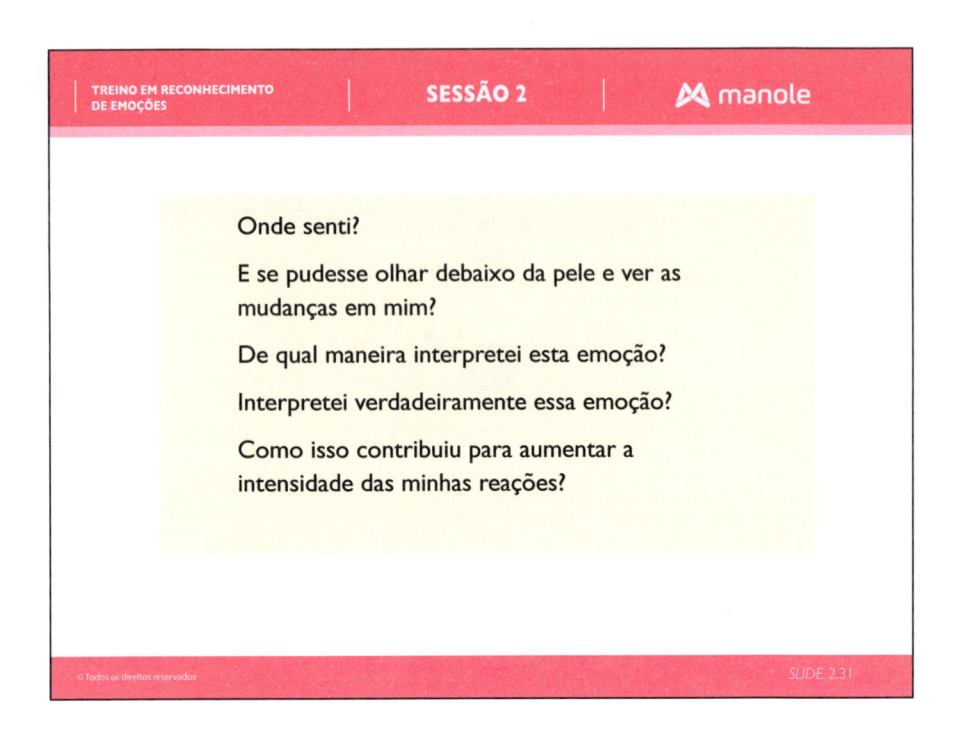

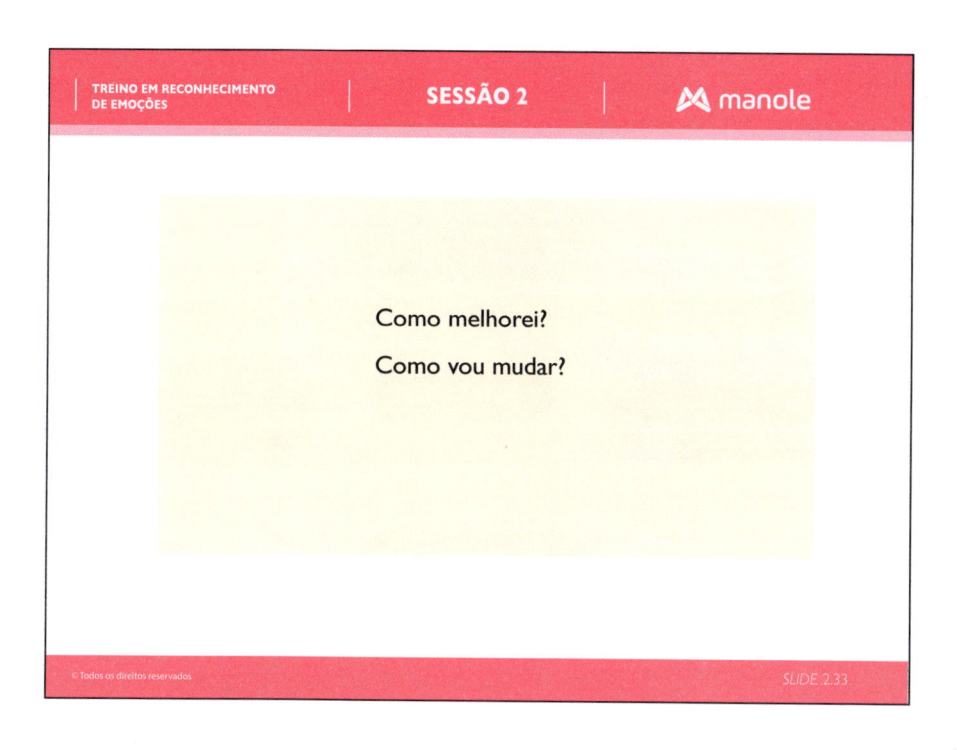

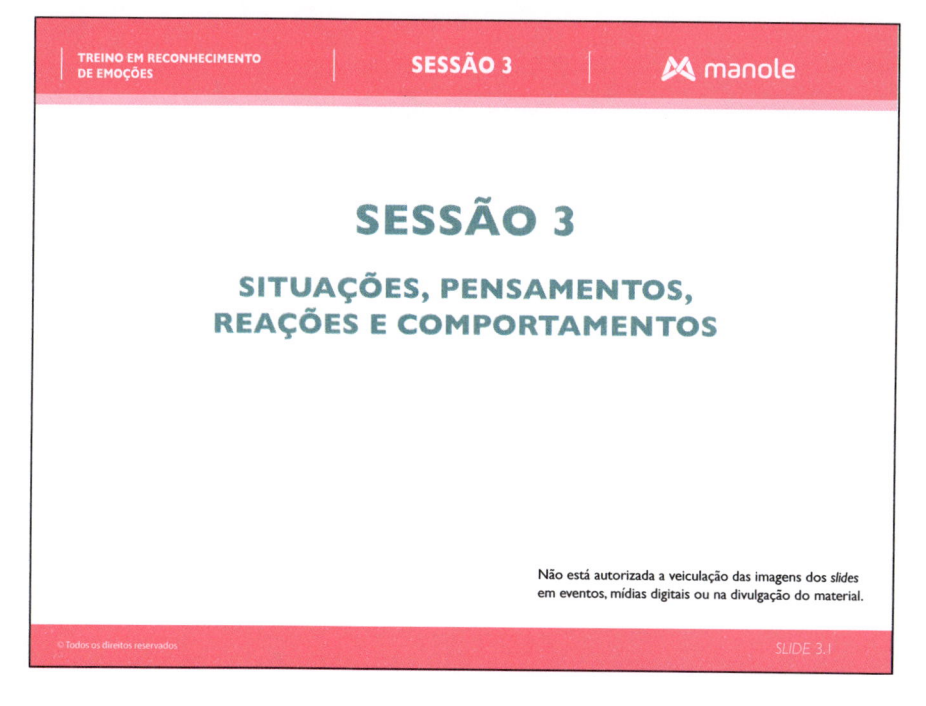

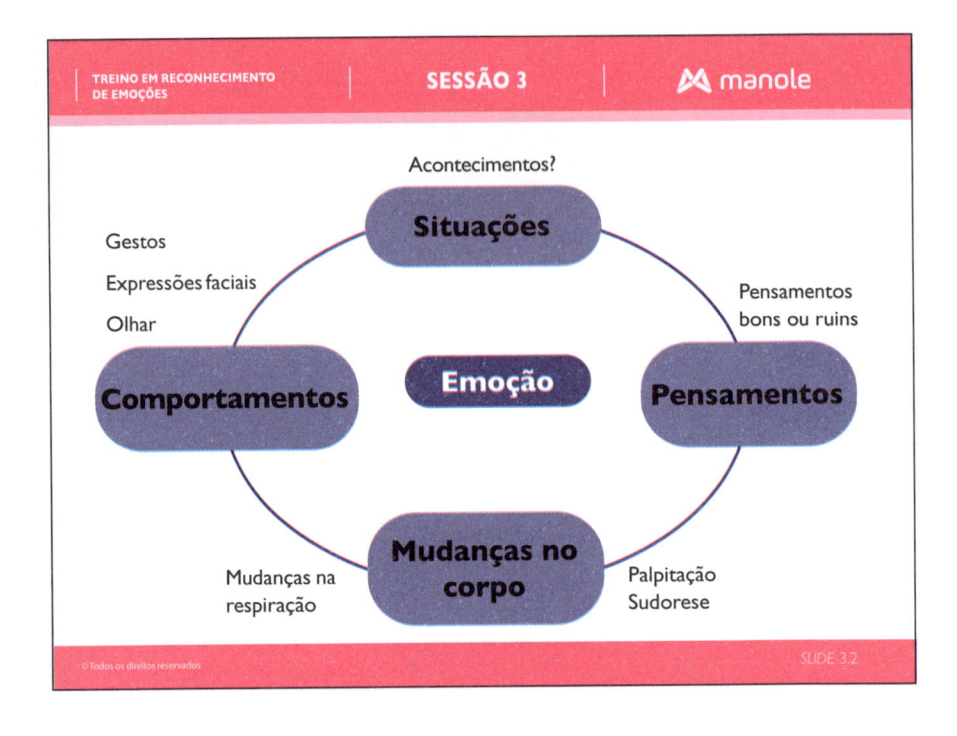

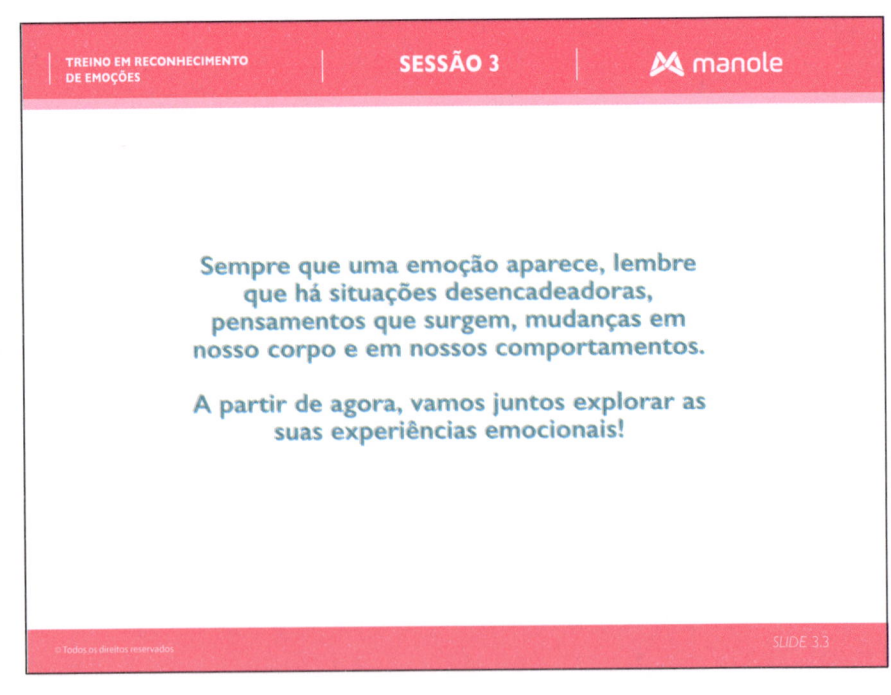

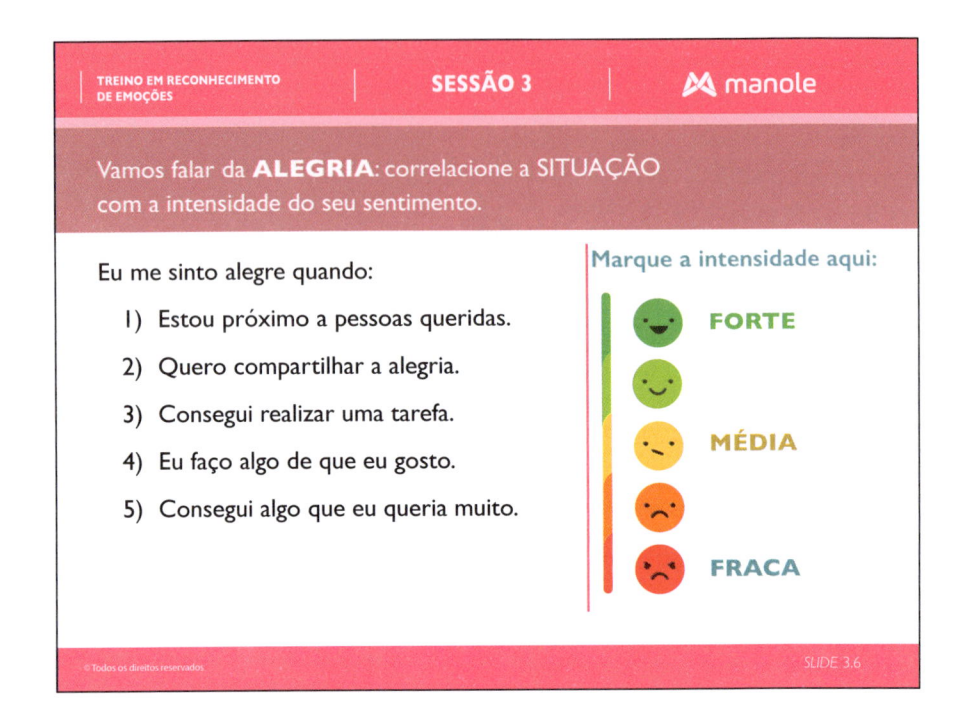

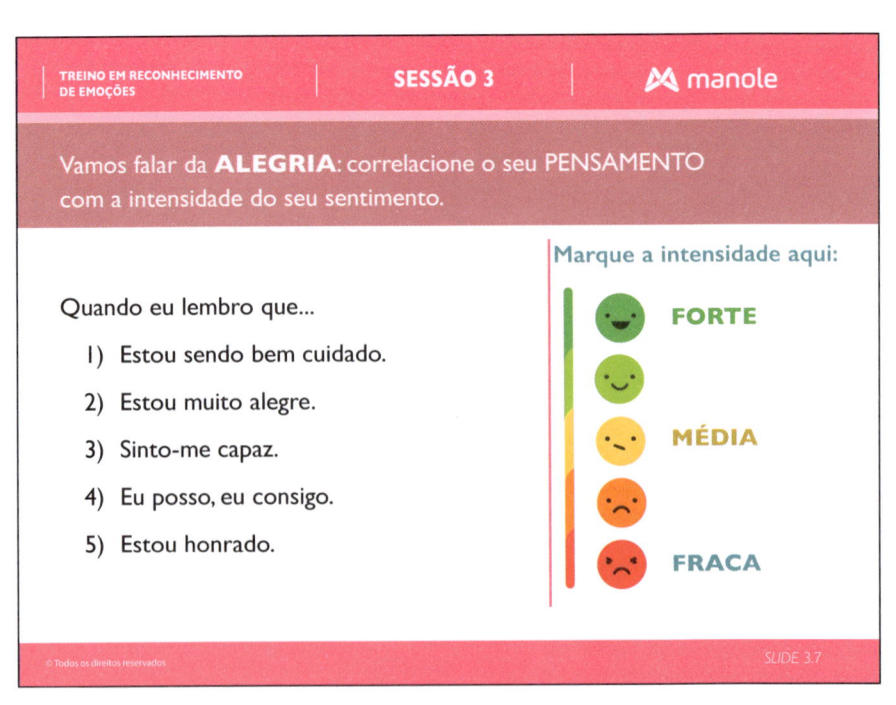

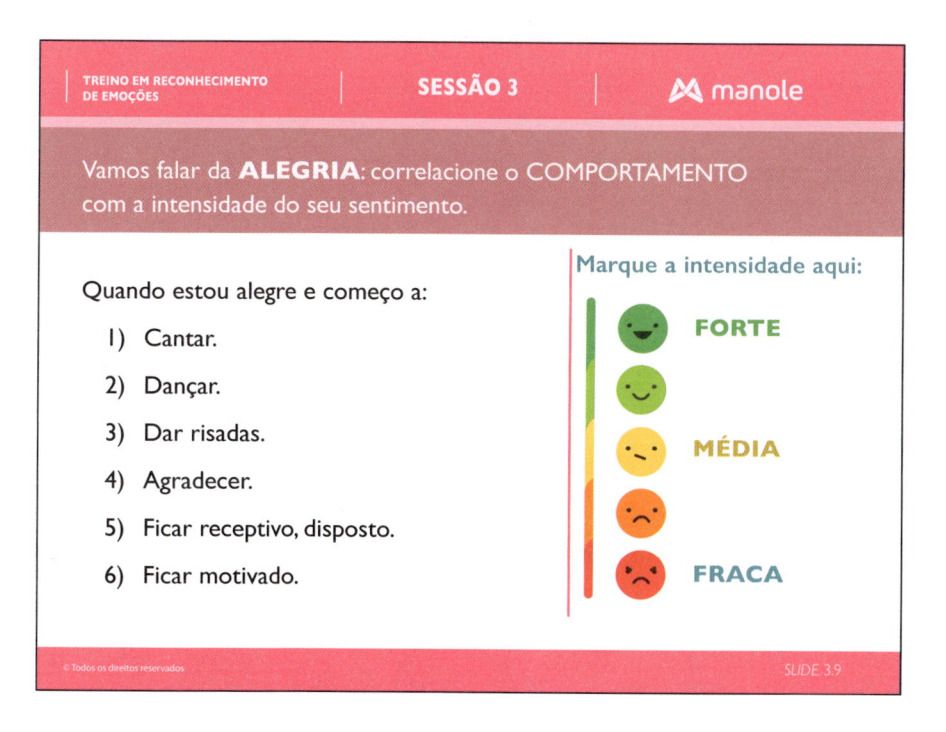

Vamos falar da **TRISTEZA**: correlacione o PENSAMENTO com a intensidade do seu sentimento.

Quando eu penso que...

1) Fui abandonado por alguém.

2) Sou culpado de algo.

3) Estou me sentindo sozinho.

4) Nunca serei bom o suficiente.

5) Fui injustiçado.

6) Ninguém vai gostar de mim.

Marque a intensidade aqui:

FORTE

MÉDIA

FRACA

SLIDE 3.12

Vamos falar da **TRISTEZA**: correlacione as MUDANÇAS NO CORPO com a intensidade do seu sentimento.

Quando estou triste percebo no meu corpo...

1) Braços e pernas pesados.

2) Indisposição.

3) Aperto no peito.

4) Falta de ar ou tontura.

5) Um vazio.

6) Falta ou aumento no apetite.

Marque a intensidade aqui:

FORTE

MÉDIA

FRACA

SLIDE 3.13

TREINO EM RECONHECIMENTO DE EMOÇÕES | **SESSÃO 3** | ⋀ manole

Vamos falar do **MEDO**: correlacione a SITUAÇÃO com a intensidade do seu sentimento.

Sinto medo quando:

1) Vejo um filme de terror.
2) Meu melhor amigo tem outros amigos.
3) Meu melhor amigo mudou-se para longe.
4) Ouço barulhos altos.
5) Sou ameaçado, coagido.
6) Estou em risco.

Marque a intensidade aqui:

FORTE

MÉDIA

FRACA

© Todos os direitos reservados

SLIDE 3.16

TREINO EM RECONHECIMENTO DE EMOÇÕES | **SESSÃO 3** | ⋀ manole

Vamos falar da **MEDO**: correlacione o seu PENSAMENTO com a intensidade do seu sentimento.

Quando eu penso em...

1) Uma cena aterrorizante.
2) Ser abandonado.
3) Ficar sem meus amigos.
4) Algo ruim que pode acontecer.
5) Um acidente grave.

Marque a intensidade aqui:

FORTE

MÉDIA

FRACA

© Todos os direitos reservados

SLIDE 3.17

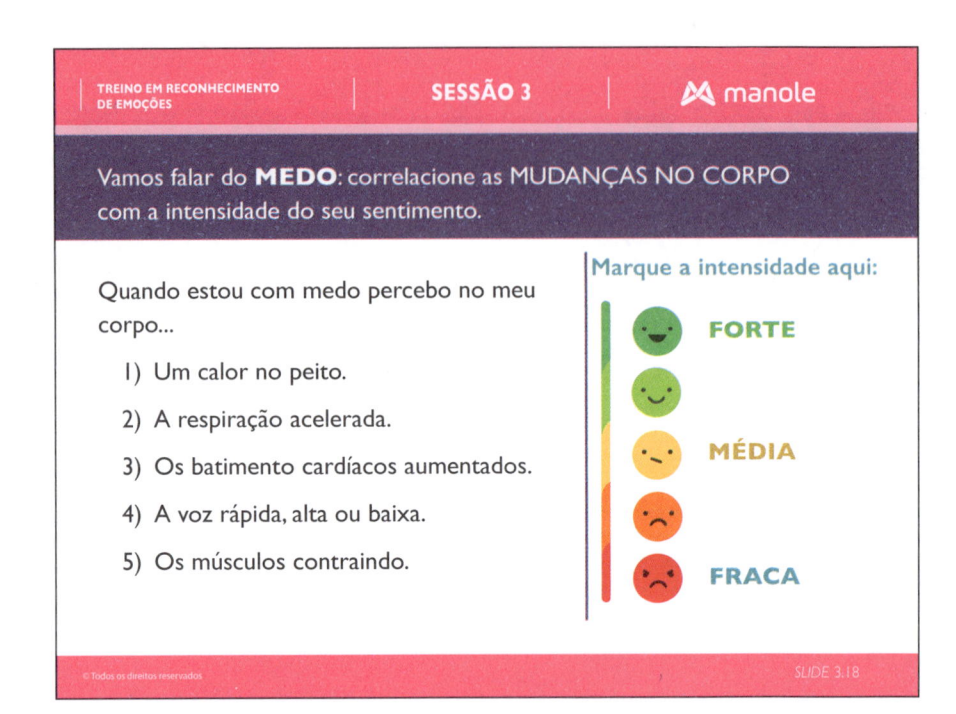

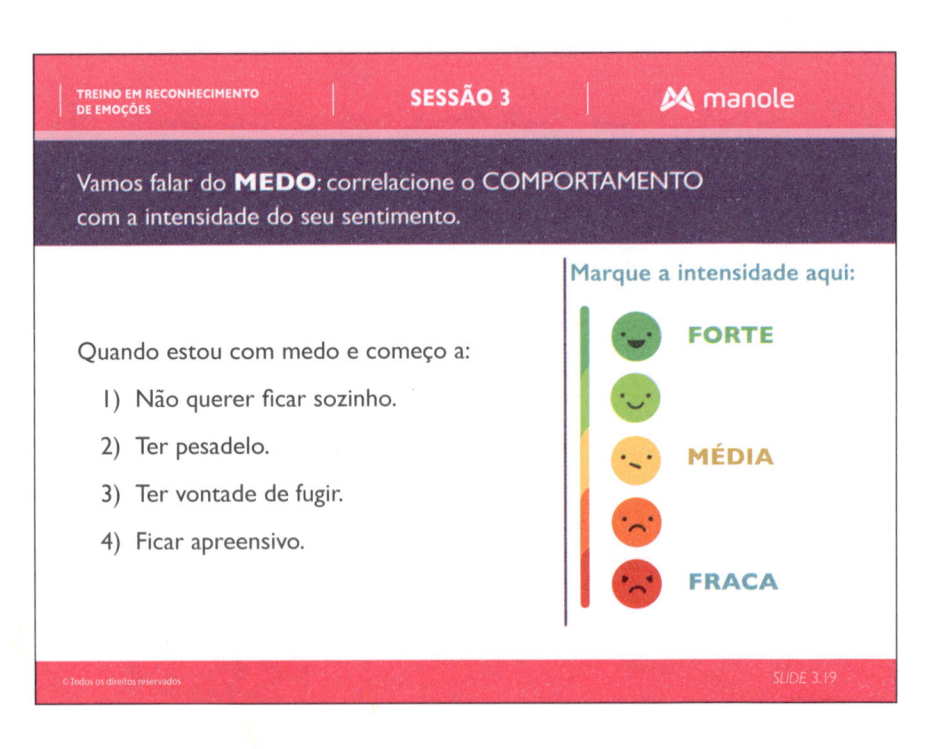

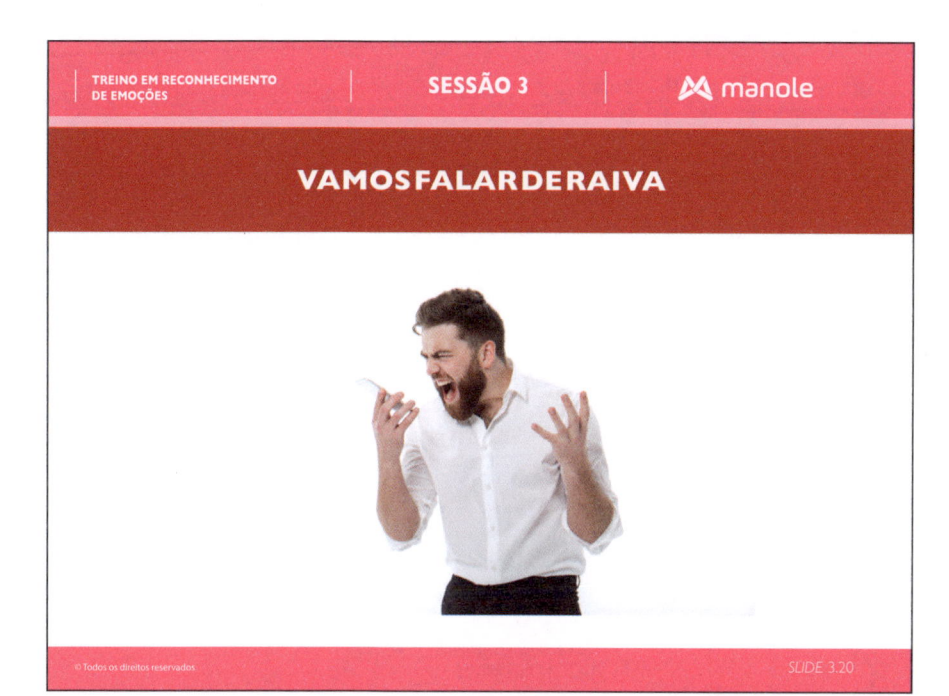

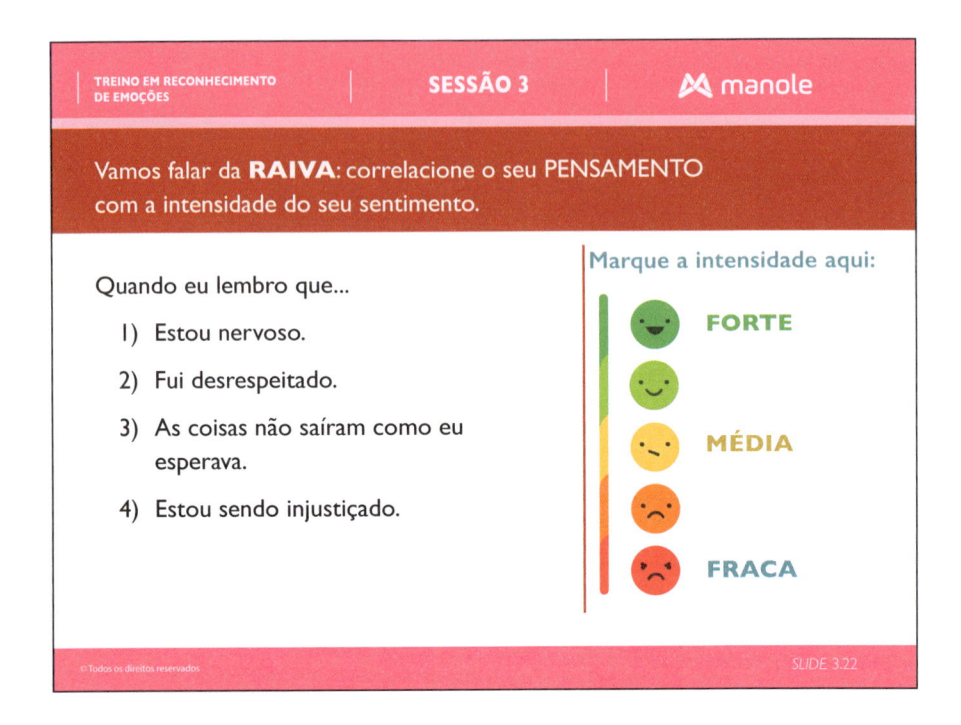

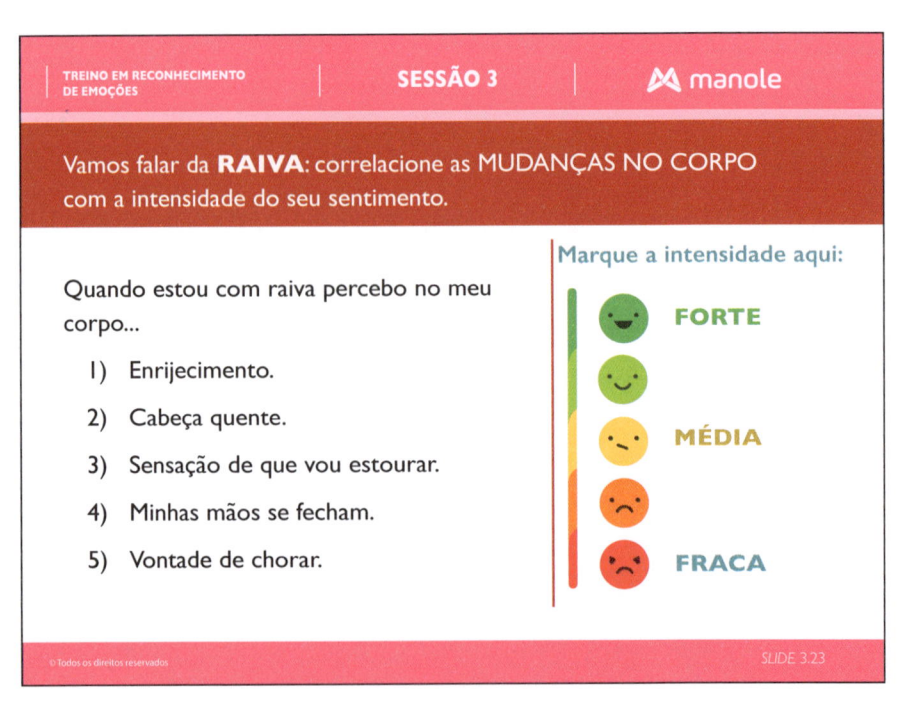

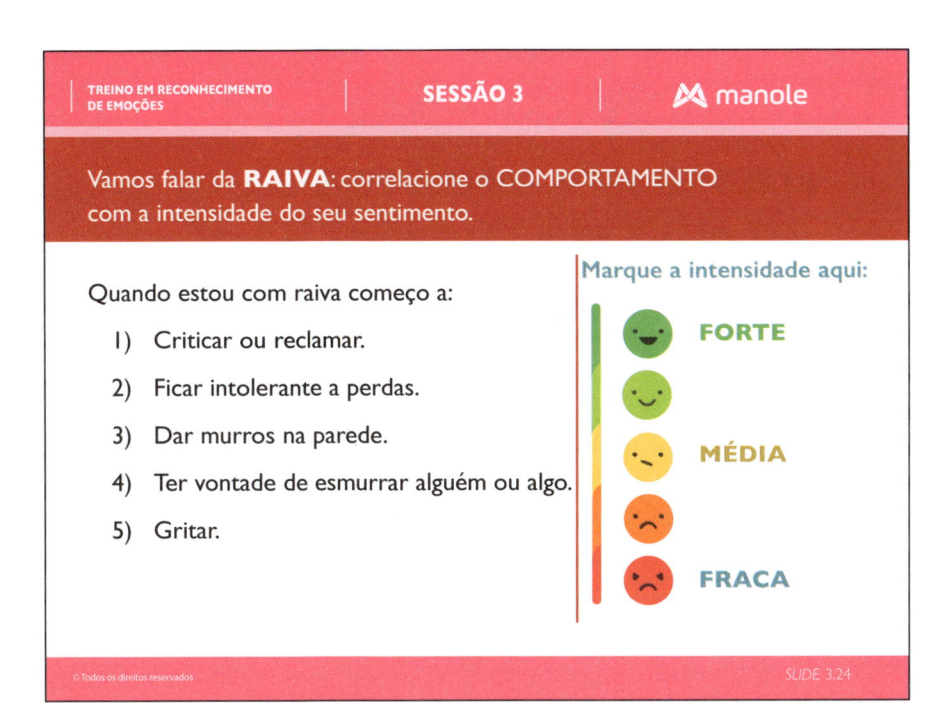

Vamos falar da **RAIVA**: correlacione o COMPORTAMENTO com a intensidade do seu sentimento.

Quando estou com raiva começo a:

1) Criticar ou reclamar.
2) Ficar intolerante a perdas.
3) Dar murros na parede.
4) Ter vontade de esmurrar alguém ou algo.
5) Gritar.

Marque a intensidade aqui:

FORTE

MÉDIA

FRACA

SLIDE 3.24

VAMOS FALAR DE DESPREZO

SLIDE 3.25

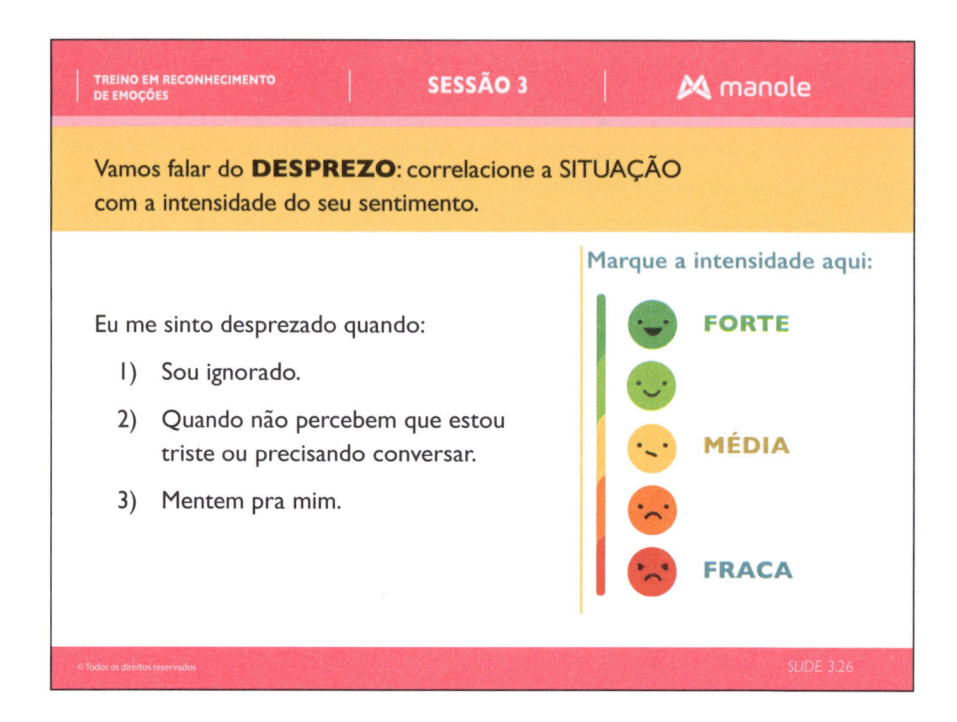

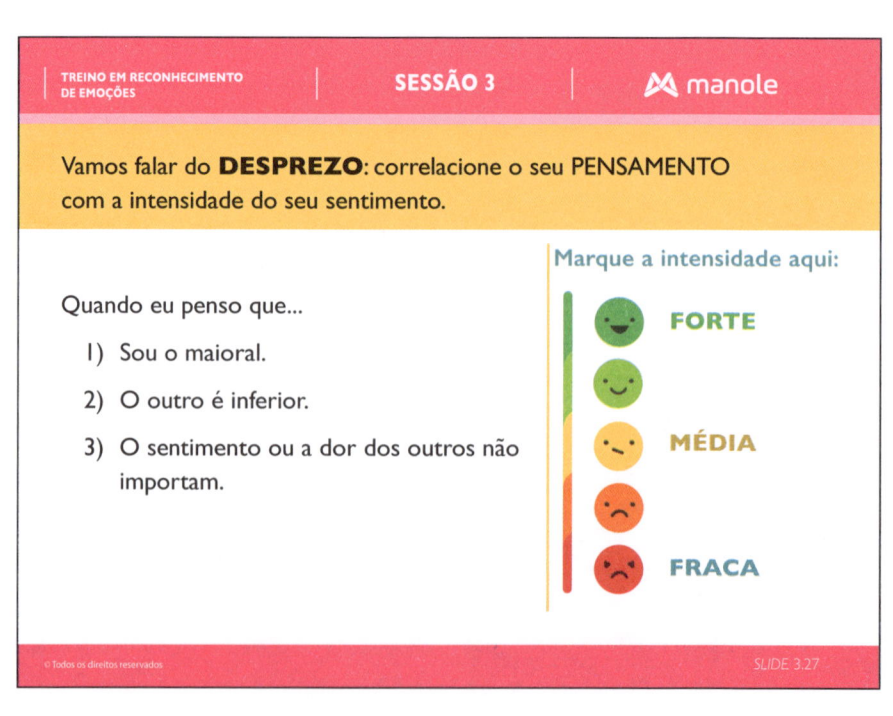

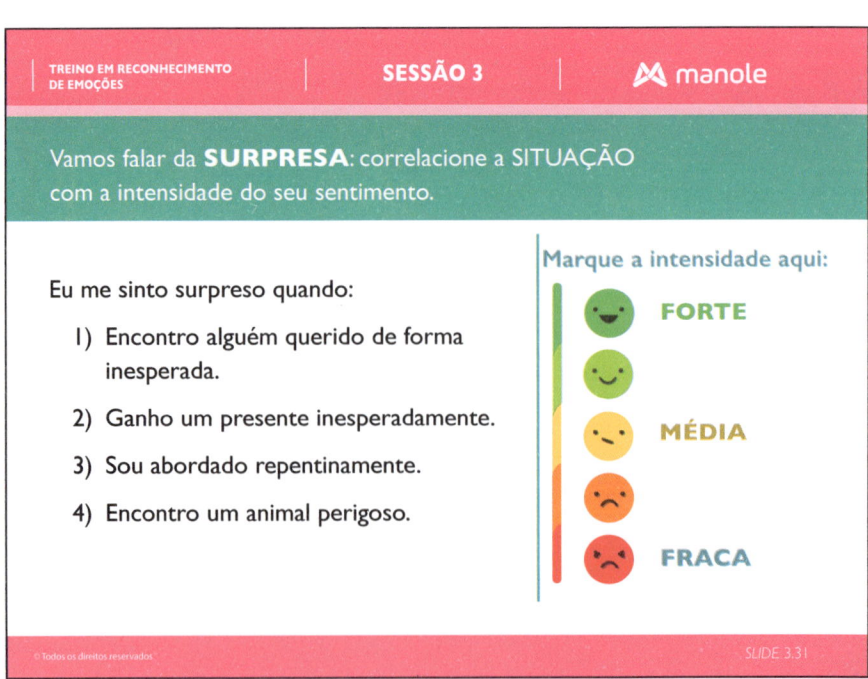

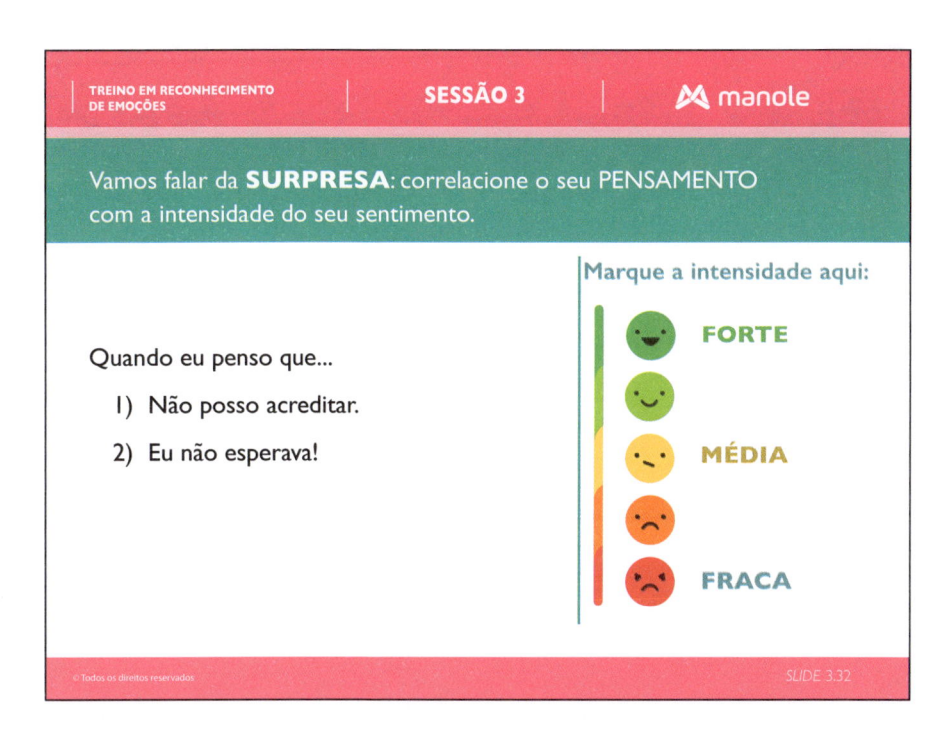

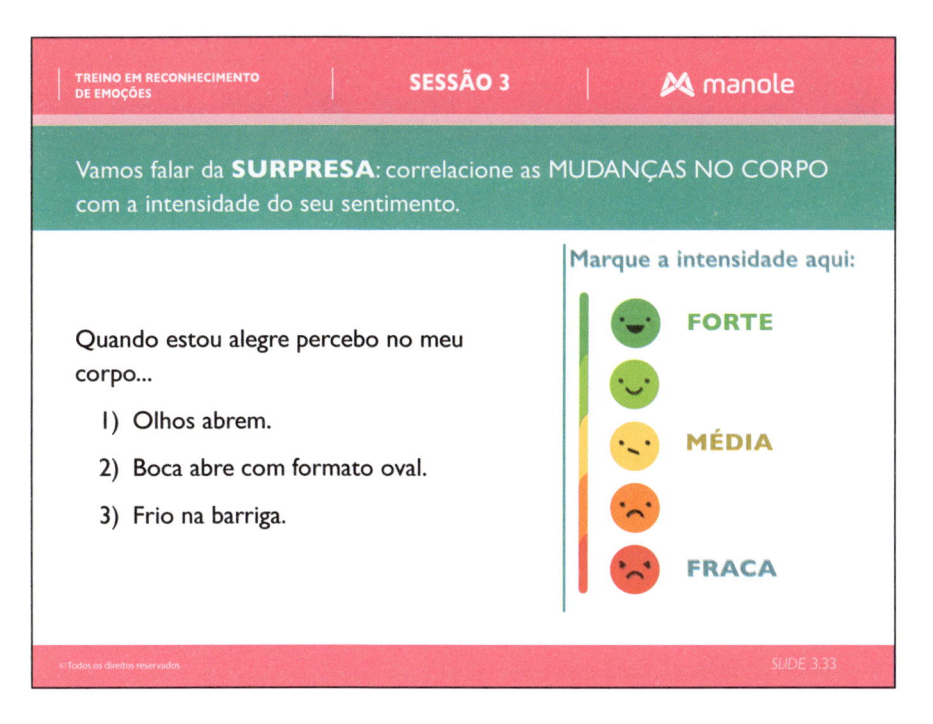

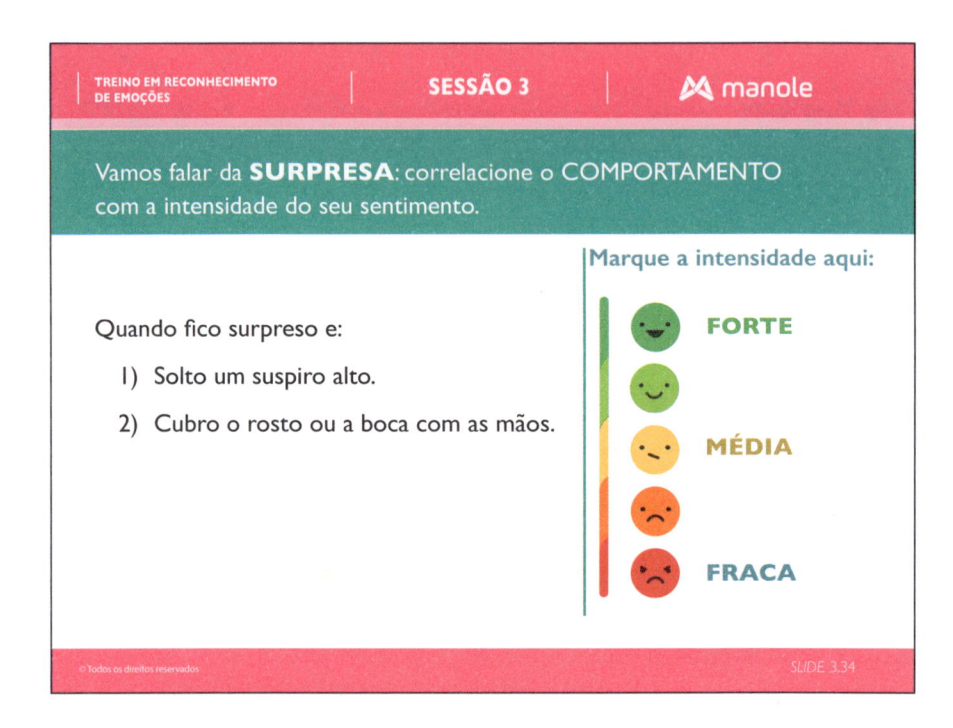

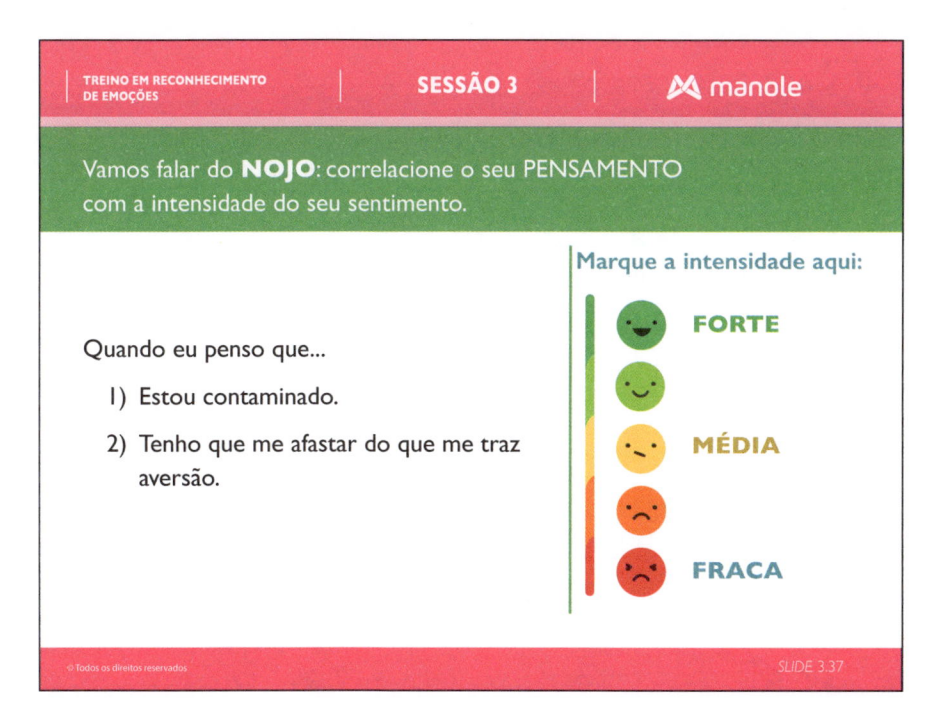

TREINO EM RECONHECIMENTO DE EMOÇÕES | **SESSÃO 3** | manole

Vamos falar do **NOJO**: correlacione a SITUAÇÃO com a intensidade do seu sentimento.

Sinto nojo quando:

1) Vejo uma pessoa vomitar.

2) Vejo a saliva do outro.

3) Sinto cheiro podre.

4) Ouço uma pessoa falando mal do meu(minha) melhor amigo(a).

5) Vejo ou toco em sujeira.

Marque a intensidade aqui:

FORTE

MÉDIA

FRACA

SLIDE 3.36

TREINO EM RECONHECIMENTO DE EMOÇÕES | **SESSÃO 3** | manole

Vamos falar do **NOJO**: correlacione o seu PENSAMENTO com a intensidade do seu sentimento.

Quando eu penso que...

1) Estou contaminado.

2) Tenho que me afastar do que me traz aversão.

Marque a intensidade aqui:

FORTE

MÉDIA

FRACA

SLIDE 3.37

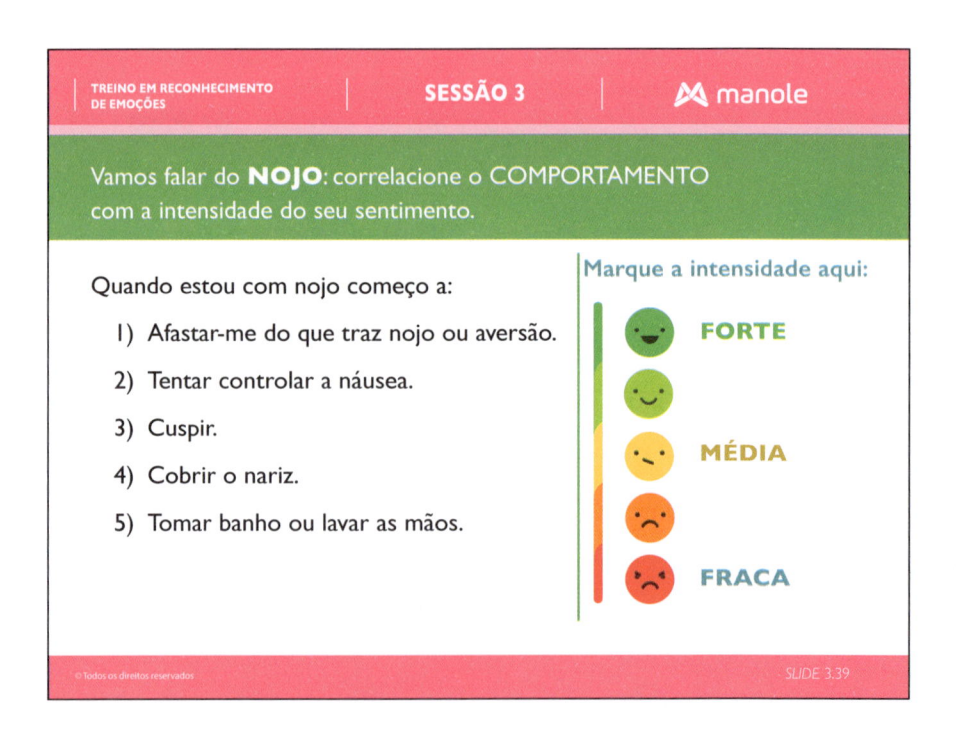

VAMOS FALAR DE AMOR

SLIDE 3.40

Vamos falar do **AMOR**: correlacione a SITUAÇÃO
com a intensidade do seu sentimento.

Marque a intensidade aqui:

Eu me sinto amado quando:

1) Sou acolhido.

2) Sou reconhecido.

3) Sou ajudado em um momento
   importante ou difícil.

4) Sou valorizado.

5) Tenho amigos.

 FORTE

 MÉDIA

 FRACA

SLIDE 3.41

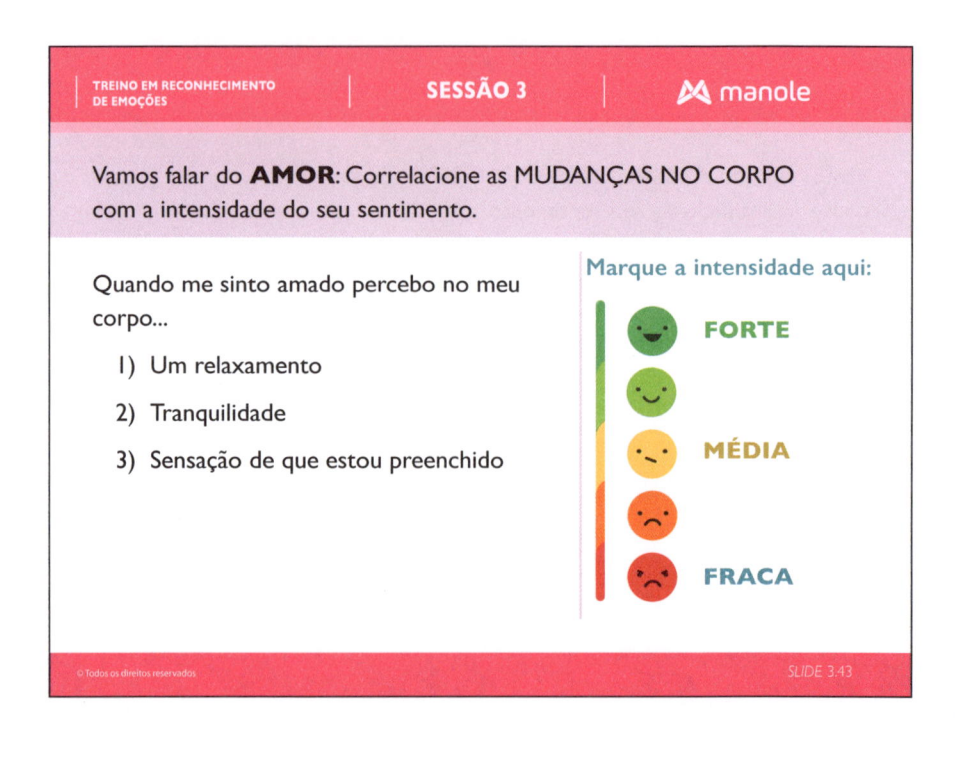

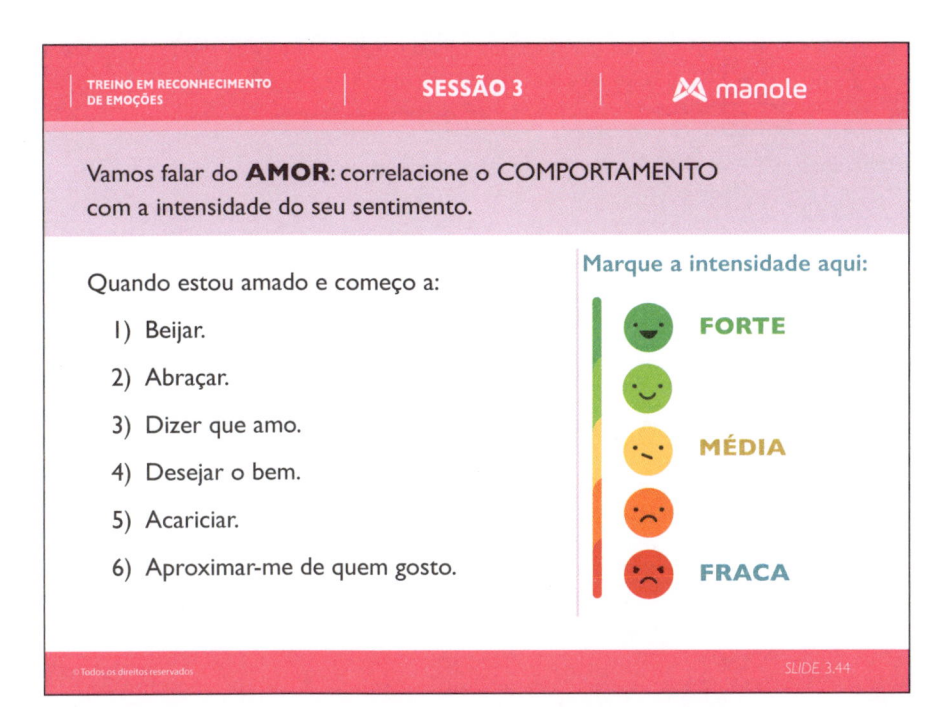

Vamos falar do **AMOR**: correlacione o COMPORTAMENTO com a intensidade do seu sentimento.

Quando estou amado e começo a:

1) Beijar.

2) Abraçar.

3) Dizer que amo.

4) Desejar o bem.

5) Acariciar.

6) Aproximar-me de quem gosto.

Marque a intensidade aqui:

FORTE

MÉDIA

FRACA

Construa respostas que sejam adaptativas às emoções difíceis de lidar que marcou anteriormente.

SESSÃO 4

Identificando emoções nas situações: situações difíceis, emoções difíceis?

Não está autorizada a veiculação das imagens dos *slides* em eventos, mídias digitais ou na divulgação do material.

SLIDE 4.1

- Olhe quais situações causaram mudanças nas suas experiências subjetivas.

- Identifique as reações corporais e lide com estas (respire fundo, olhe ao seu redor).

- Busque comportamentos que sejam mais adaptativos, pensando no seu convívio com as pessoas.

SLIDE 4.2

VAMOS DESCOBRIR O ENREDO DA HISTÓRIA?

SLIDE 4.3

"Por que Henrique está bravo?"

(...)

"Depois de um tempo a avó o acalmou"

SLIDE 4.4

SITUAÇÃO I

Henrique era um menino de 6 anos, filho único, morava com seus pais no Ceará. Certa vez, seus pais precisaram viajar a trabalho para Florianópolis e sentiram-se apreensivos em contar para Henrique que não poderiam levá-lo. Sendo assim, decidiram que próximo a viagem conversariam com o filho sobre os planos de deixá-lo na casa da avó durante um final de semana.

Já com passagens compradas e malas prontas, os pais decidiram contar a Henrique que no dia seguinte o deixariam na casa da avó. Entretanto, naquele dia Henrique passou mal a noite toda e por isso dormiu mal.

(continua)

SLIDE 4.5

SITUAÇÃO I *(continuação)*

Ao amanhecer, por causa da noite mal dormida e os muitos medicamentos que tomara, o menino não conseguiu acordar. Os pais precisaram levá-lo até a casa da avó às pressas e ainda dormindo, apenas escreveram um bilhete explicando a situação para quando acordasse. Ao acordar, Henrique sentiu muita raiva, porque demorou um pouco para se lembrar onde estava. Chutou as paredes e deu murros na porta. Depois de algum tempo a avó o acalmou.

SLIDE 4.6

REFLEXÕES SOBRE A HISTÓRIA:

- O que aconteceu com Henrique?
- Como você imagina que Henrique se sentiu quando acordou na casa de sua avó?
- Como se sentiriam no lugar de Henrique?
- Qual emoção fez com que Henrique se sentisse assim?
- O que você faz quando se sente assim?
- E depois do que você fez, como você se sente?

REFLEXÕES SOBRE A HISTÓRIA:

Tristeza?

Raiva?

Medo?

RESPOSTAS

Tristeza – a ausência repentina dos pais pode causar tristeza, Henrique pode ter sentido uma perda.

Medo – Henrique não sabia o que estava acontecendo e teve medo, por ter ido de forma inesperada para a casa da avó.

Raiva – Ele pode ter imaginado as coisas legais que iria fazer no final de semana com os pais e isso foi interrompido.

Considere outras respostas do grupo.

SLIDE 4.9

VAMOS DESCOBRIR O ENREDO DA HISTÓRIA?

SLIDE 4.10

"POR QUE CLARA CONSTRANGEU SUZANA?"

SITUAÇÃO 2

Suzana e Clara eram alunas da quinta série do colégio Melhor Escolha, em São Paulo. Suzana tinha muita facilidade em matemática e português, e Clara, em ciências e arte. Certo dia, a professora preferida das duas olhou o caderno de Suzana e escreveu um lindo recado elogiando por seu empenho na lição. Logo Suzana foi até a carteira de Clara para lhe contar a novidade.

(continua)

SITUAÇÃO 2 (continuação)

Assim que ouviu, as bochechas de Clara e sua testa ficaram coradas, ela soltou uma risada de deboche e disse: "Que coisa sem importância Suzana, você não sabe que a professora Renata elogia a todos? Você não percebeu que sua redação está tão ruim, mas tão ruim que a professora teve dó de você e falou coisas boas só pra te deixar feliz? Eu tenho dó de você, por você acreditar nisso. Além disso, coitada de você… Quem é que te ajuda em ciências e artes? Caia na real!"

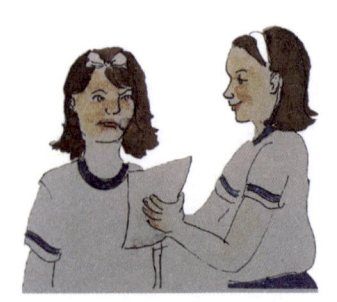

AGORA É A SUA VEZ!

Respondas as perguntas relacionadas à história...

Perguntas para a situação 2

1) Qual foi a emoção que fez as bochechas e a testa de Clara ficarem coradas e soltar uma risada de deboche?

(   ) Inveja   (   ) Raiva   (   ) Ira

(   ) Tristeza   (   ) Medo

2) A emoção de Clara surgiu sem motivo algum?

(   ) Sim   (   ) Não.

Porquê?_____

3) Agir segundo a emoção fez de Clara uma menina mais livre?

(   ) Sim   (   ) Não.

Porquê?_____

4) Se Clara assumisse sua inveja, significaria uma fraqueza?

(   ) Sim   (   ) Não.

Porquê?_____

5) Clara deveria desconsiderar completamente os seus sentimentos desagradáveis?

( ) Sim   ( ) Não.

Porquê?_____

6) E quanto a Suzana, como imagina que se sentiu depois que conversou com Clara?

( ) Constrangida   ( ) Com vergonha   ( ) Sem emoção

( ) Brava   ( ) Triste

7) Como imagina que Suzana deveria reagir?

( ) Perguntar a Clara o que ela fez de errado para que a tratasse desse modo.

( ) Falar atacando Clara para revidar com a mesma moeda.

8) Você já passou por uma situação como essa no seu dia a dia? ( ) Sim   ( ) Não.
Com quem você mais se parecia? Com Clara ou com Suzana?

_____

9) Como reagiu?

_____

Adaptado de: Lineah para pacientes; Ekman, s.d.

SLIDE 4.17

DISCUTA AS RESPOSTAS APRESENTADAS COM O GRUPO E CONVERSEM SOBRE ELAS.

SLIDE 4.18

RESPOSTAS

1) Considere as respostas do grupo e acolha as diversas opiniões, ressaltando que o texto converge para o sentimento de inveja, sendo possível as diversas emoções apresentadas.

2) Explique que as emoções estão relacionadas a fatos que as desencadeiam e não são inesperadas, pois antes têm uma causa.

3) Acolha as respostas do grupo, e tire dúvidas que geralmente surgem quanto à expressão "livre". Clara não considerou o sentimento de Suzana, podendo gerar tristeza na amiga desestabilizando a amizade entre elas.

4) Considere as respostas do grupo e mostre a importância de reconhecer e assumir as emoções e sentimentos, como um caminho para a resolução de conflitos. É esperado que algumas crianças com dificuldade na

---

RESPOSTAS (*continuação*)

regulação emocional apresente um pensamento afirmativo de que é sim uma fraqueza. Aceite as respostas que suscitem sentimentos de raiva, mas contribua com a desconstrução desse pensamento afirmando que reconhecer sentimentos é como se você quisesse preparar um bolo, mas não conhecesse os ingredientes ou quisesse jogar um jogo sem conhecer as regras. Para você lidar com suas emoções e sentimentos é preciso conhecê-los para então colocar em prática formas mais assertivas de lidar com as mesmas. Comece a praticar!

5) Ignorar os sentimentos é o mesmo que ignorar a nossa formação humana e falha, eles fazem parte de nós e olhar para eles é um passo inicial para mudar decisões e pensamentos.

RESPOSTAS (continuação)

6) Todas as reações são possíveis, mas considere a tristeza como uma emoção que pode originar outros sentimentos em Suzana.

7) A primeira alternativa é a esperada como assertiva, mas crianças com dificuldade de gerenciar suas emoções irão responder a segunda opção. Construa o pensamento de que raiva + raiva = destruição, porém desenvolver estratégias que envolvem um diálogo é um caminho mais seguro para exercitar as defesas na criança ou no adolescente.

8 e 9) Acolha as respostas do grupo.

SLIDE 4.21

REVISANDO...

SLIDE 4.22

SESSÃO 5

Reconhecendo emoções em faces

SLIDE 5.1

MOMENTO 1

QUAL A IMPORTÂNCIA DE OLHAR NOS OLHOS?

SLIDE 5.2

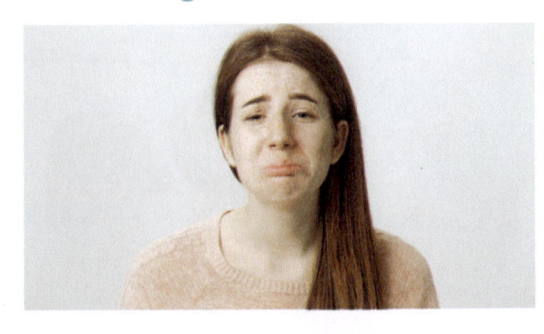

DESCREVENDO EMOÇÕES
Agora é sua vez!

SLIDE 5.5

DESCREVENDO EMOÇÕES
Agora é sua vez!

SLIDE 5.6

DESCREVENDO EMOÇÕES

Agora é sua vez!

DESCREVENDO EMOÇÕES

Agora é sua vez!

Não está autorizada a veiculação das imagens dos *slides* em eventos, mídias digitais ou na divulgação do material.

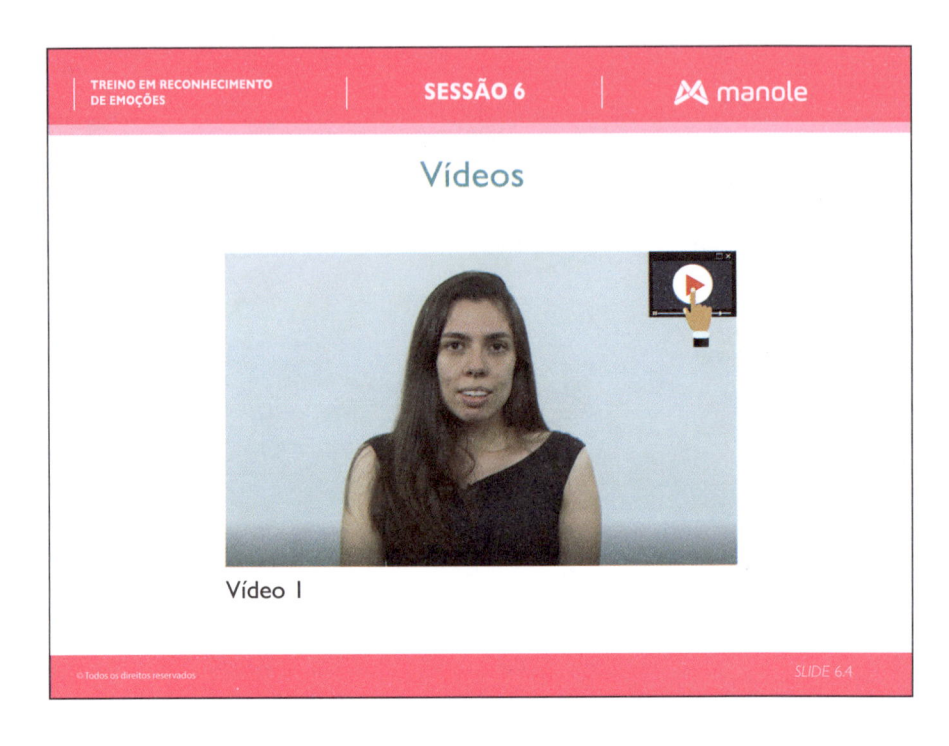

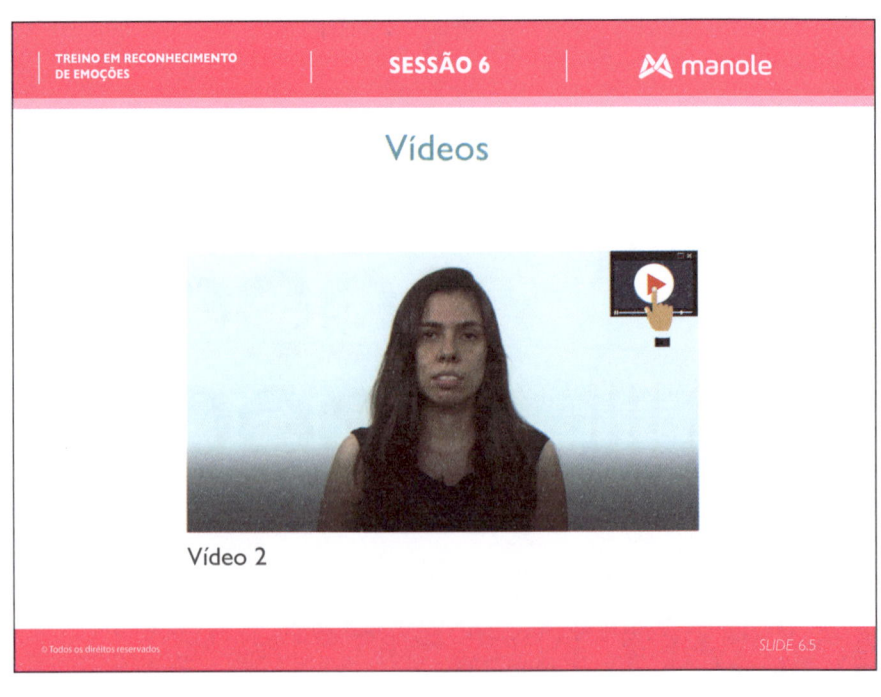

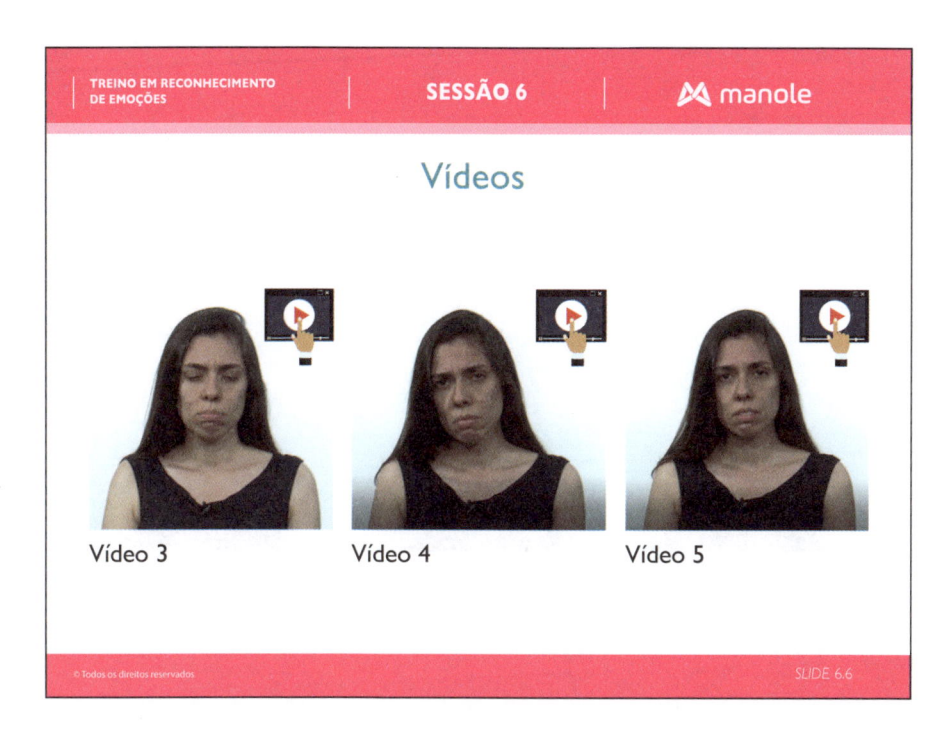

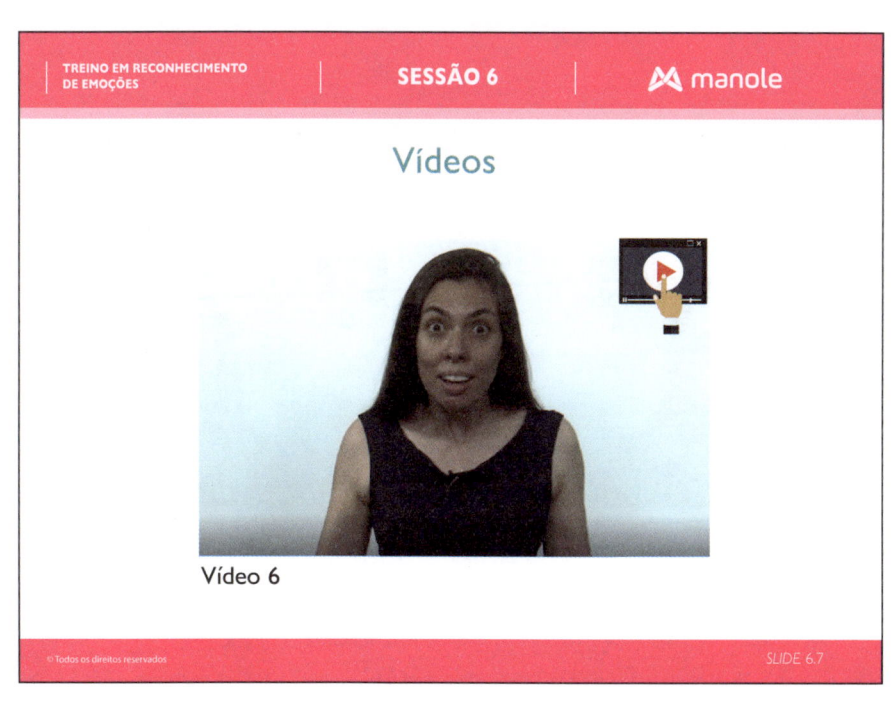

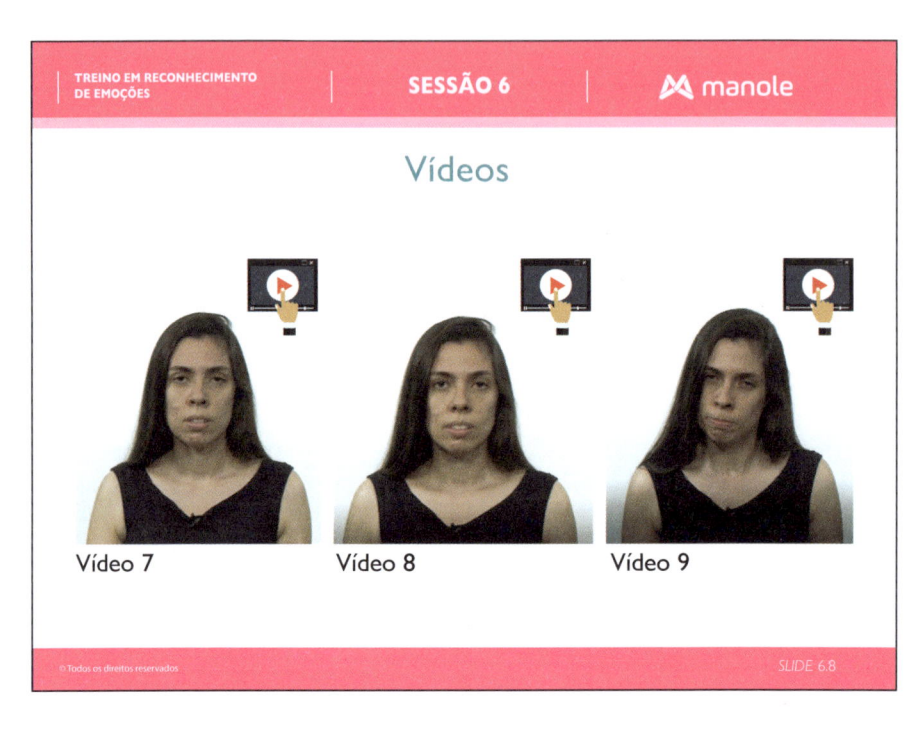

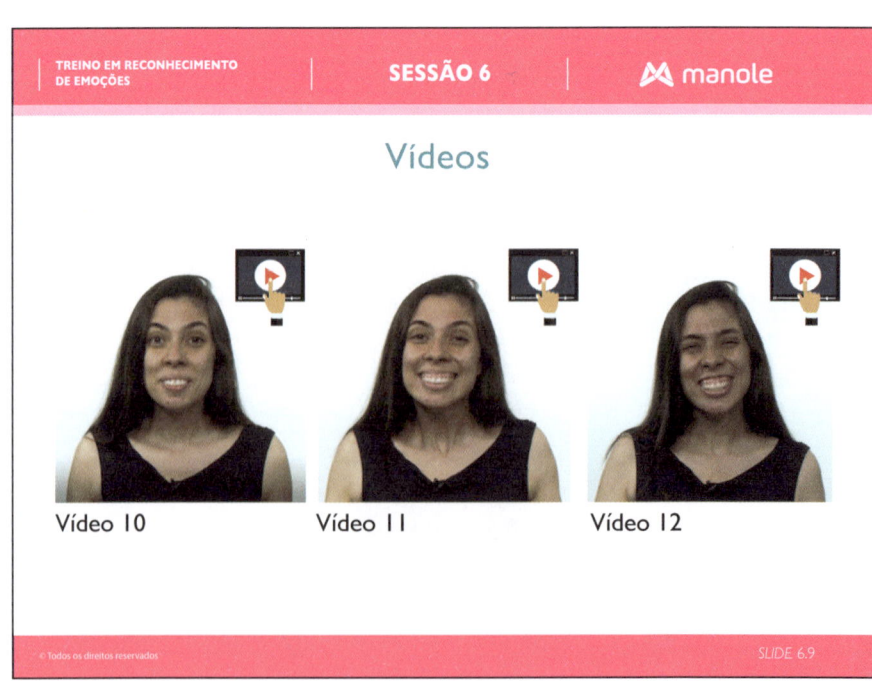

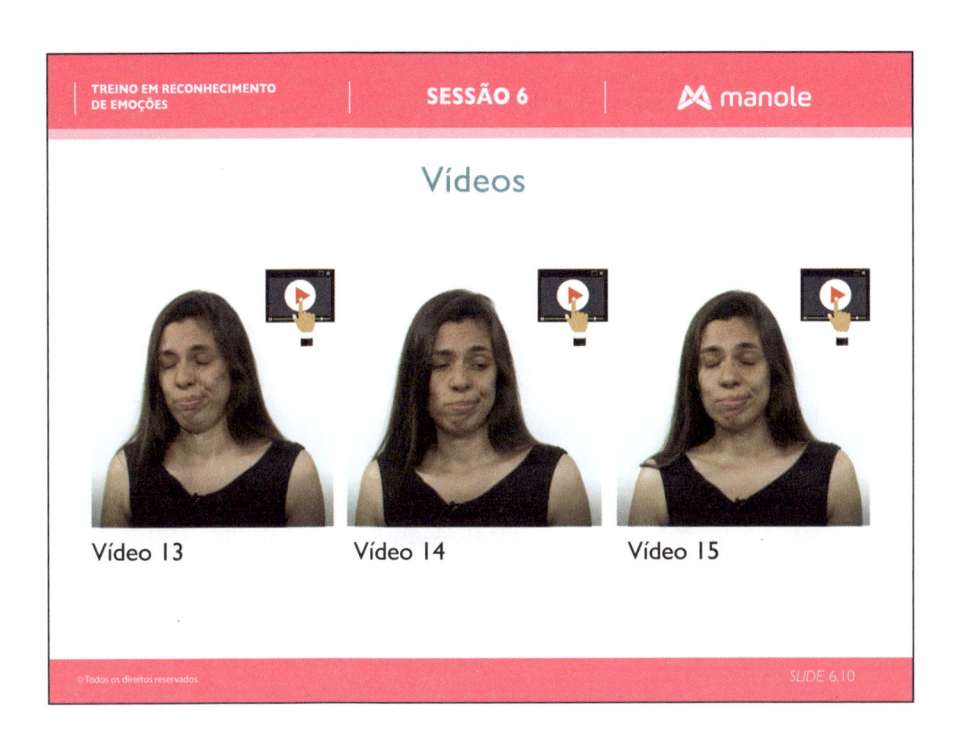

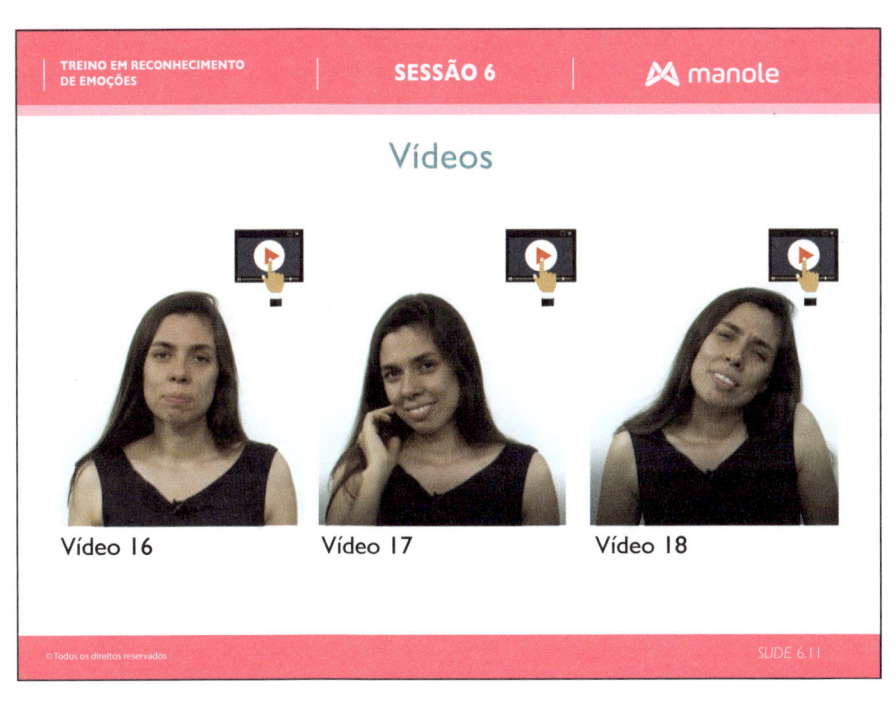

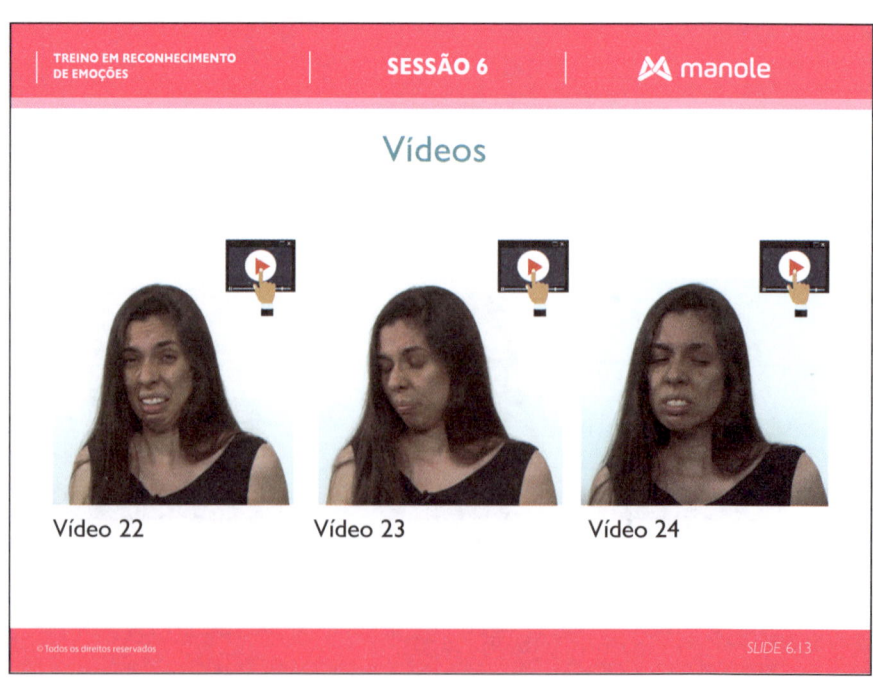

"O tom da minha voz!"

♫♪

SESSÃO 7

Um destaque para a alegria!

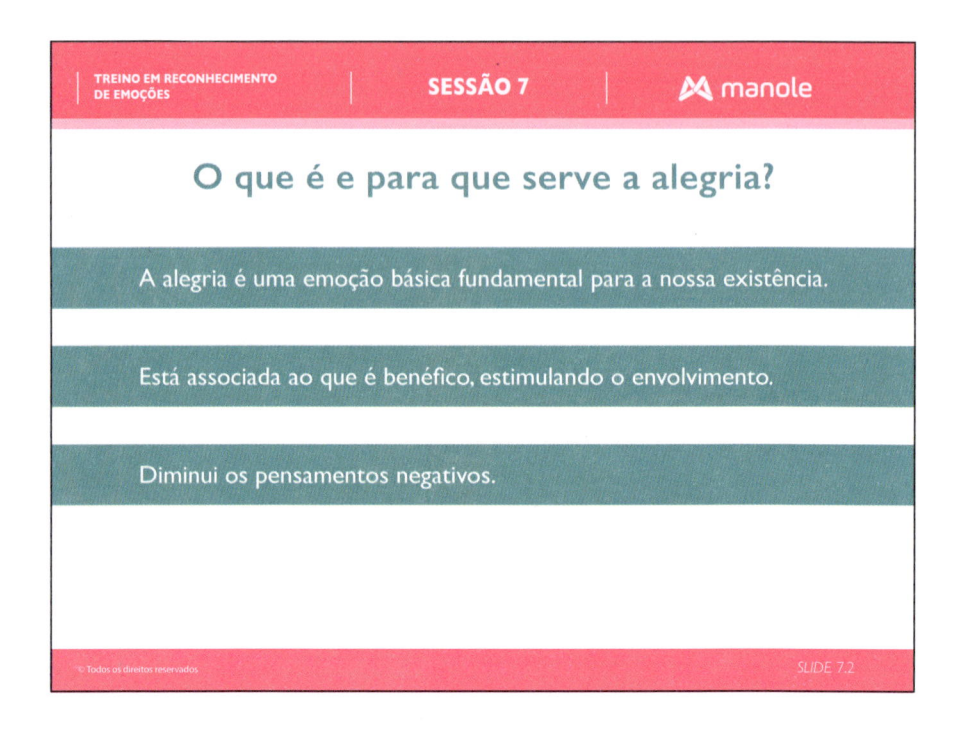

ALGUNS SENTIMENTOS E REAÇÕES ASSOCIADOS À ALEGRIA

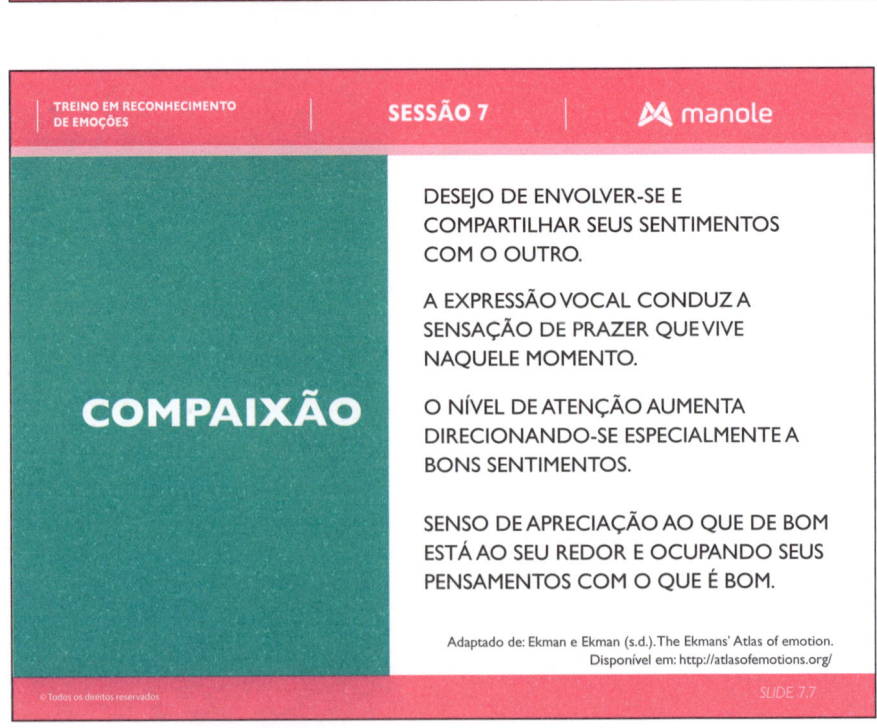

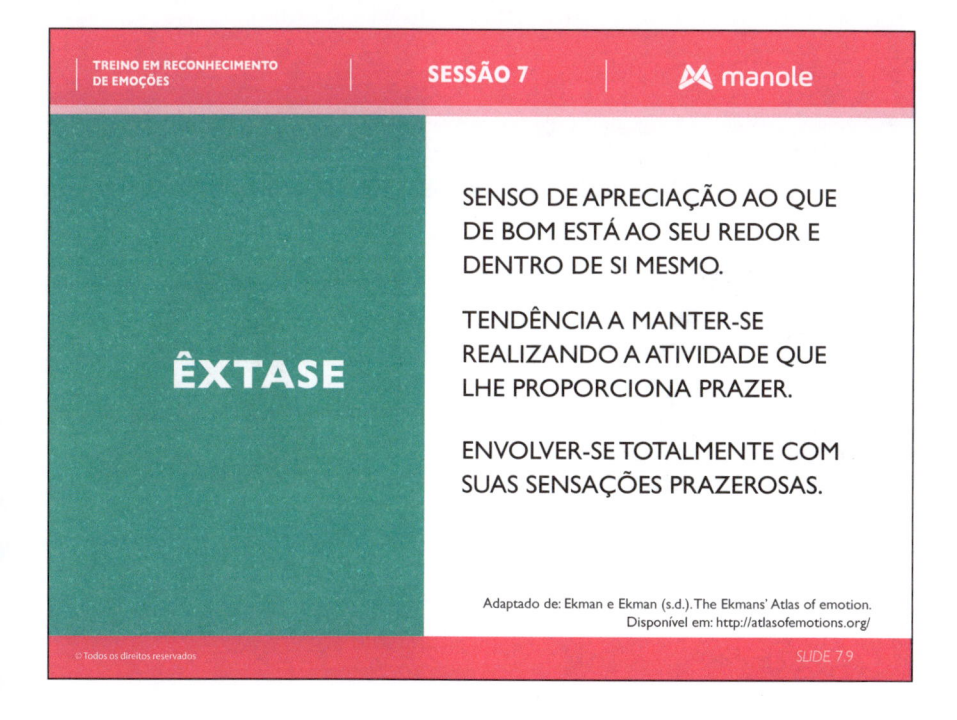

DIVERSÃO

DESEJO DE ENVOLVER-SE E COMPARTILHAR SEUS SENTIMENTOS COM O OUTRO.

O NÍVEL DE ATENÇÃO AUMENTA DIRECIONANDO-SE ESPECIALMENTE A BONS SENTIMENTOS.

A EXPRESSÃO VOCAL CONDUZ A SENSAÇÃO DE PRAZER QUE VIVE NAQUELE MOMENTO.

TENDÊNCIA A MANTER-SE REALIZANDO A ATIVIDADE QUE LHE PROPORCIONA PRAZER.

ENVOLVER-SE TOTALMENTE COM SUAS SENSAÇÕES PRAZEROSAS.

Adaptado de: Ekman e Ekman (s.d.). The Ekmans' Atlas of emotion. Disponível em: http://atlasofemotions.org/

SLIDE 7.8

ÊXTASE

SENSO DE APRECIAÇÃO AO QUE DE BOM ESTÁ AO SEU REDOR E DENTRO DE SI MESMO.

TENDÊNCIA A MANTER-SE REALIZANDO A ATIVIDADE QUE LHE PROPORCIONA PRAZER.

ENVOLVER-SE TOTALMENTE COM SUAS SENSAÇÕES PRAZEROSAS.

Adaptado de: Ekman e Ekman (s.d.). The Ekmans' Atlas of emotion. Disponível em: http://atlasofemotions.org/

SLIDE 7.9

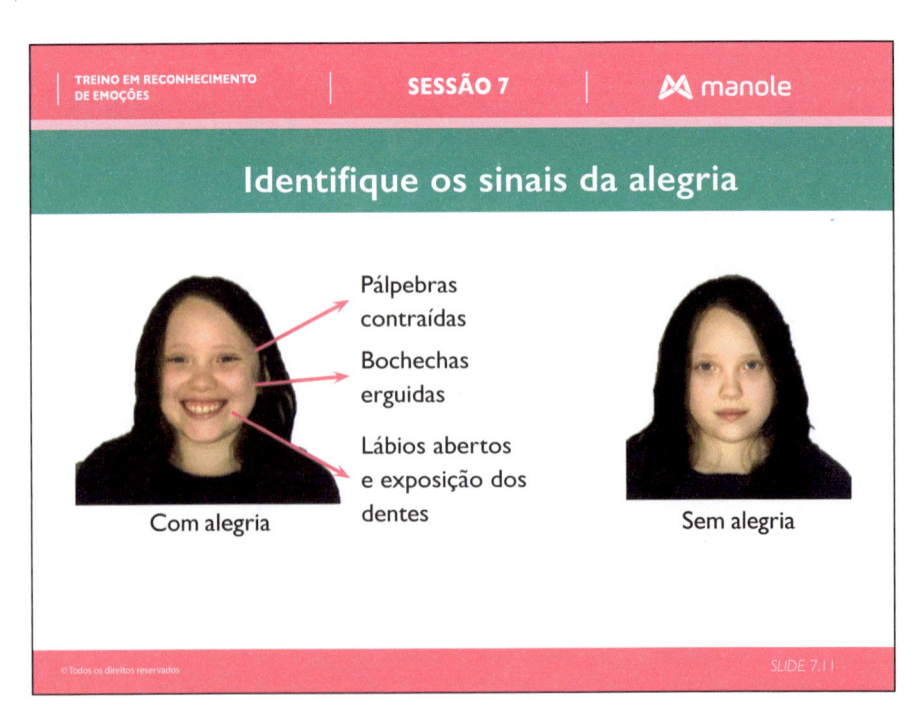

SLIDE 7.18

TREINO EM RECONHECIMENTO
DE EMOÇÕES

SESSÃO 7

manole

HISTÓRIA I

As sextas-feiras costumavam ser dias pesados na escola. Eram duas aulas de física, duas aulas de matemática e duas aulas de biologia seguidas. Faltou energia e os professores tiveram que sair rapidamente da sala deixando apenas um monitor. Um dos alunos foi lá na frente e começou a imitar os colegas. Ele imitou a professora com aquele seu jeito de andar no salto que fazia "pec pec pec". Ele imitou um casal namorando... "Ai amor, own chuchuzinho!" A gente não conseguia parar de gargalhar, tanto que faltava o ar! Ninguém se sentiu ofendido! Esse dia foi para lacrar!

SLIDE 7.19

HISTÓRIA 2

Jaqueline tinha acabado de voltar do hospital. Seu peito se encheu e ela suspirou num grande sorriso, relembrando o que tinha acabado de presenciar e sem palavras. A sua avó estava internada nos últimos 15 dias num hospital público, pois a família havia passado momentos difíceis e perderam o convênio que pagavam. Jaqueline descobriu que sua avó precisaria realizar um procedimento cirúrgico que o hospital não cobria, a não ser que a família tivesse um convênio ou que fizesse particular! Jaqueline quase não aguentou e não parava de chorar. Mas o médico doou um dinheiro para que fizesse o procedimento e agora a avó já estava bem, estava em casa. O zelo com que o médico cuidava de sua avó fazia Jaqueline se imaginar médica, podendo retribuir para outras pessoas o bem que recebera e isso a fez seguir com esse sonho.

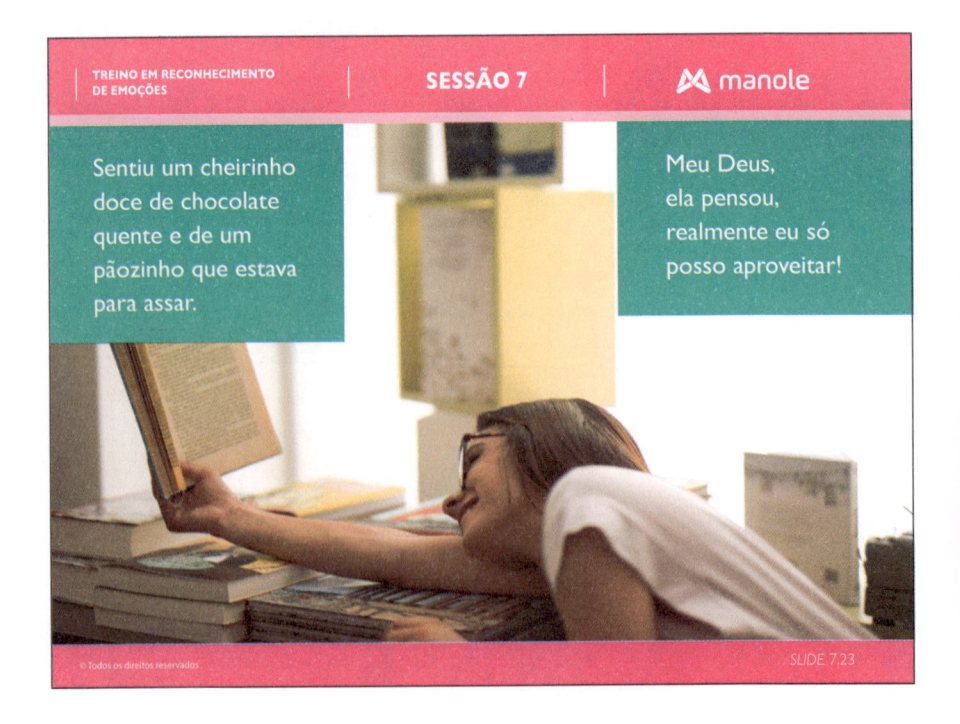

Sentiu um cheirinho doce de chocolate quente e de um pãozinho que estava para assar.

Meu Deus, ela pensou, realmente eu só posso aproveitar!

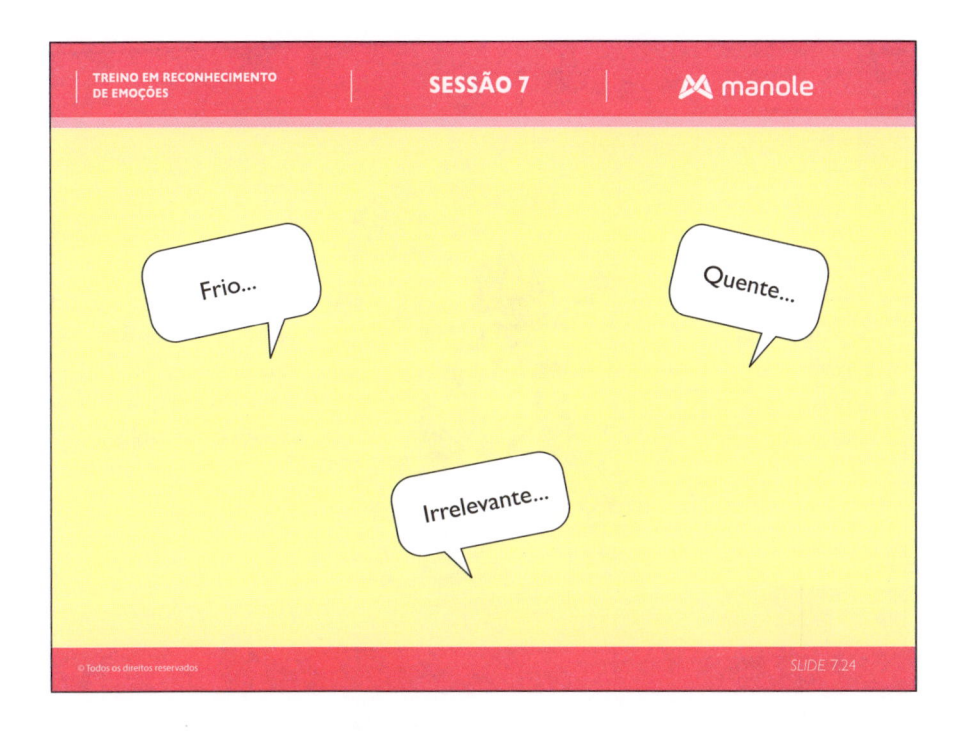

HISTÓRIA3

Viajar... Era uma coisa que a Letícia gostava de aproveitar. Naquele dia, ela viajou para longe, para visitar uma amiga querida, que há muito tempo não via. Chegando lá ela se deparou com cenário que sempre sonhou conhecer, paredes feitas de tijolos bem pequenos, muitos prédios com longas escadas brancas e jardim de lavandas na frente, na entrada do lugar. A amiga morava num silêncio, numa paz, onde ouvia sons de passarinhos e árvores balançando. Ela respirou bem fundo, encheu de ar os seus pulmões pensando em como desejava estar nesse lugar! Sentiu um cheirinho doce de chocolate quente e de um pãozinho que estava para assar. Meu Deus, ela pensou, realmente eu só posso aproveitar!

SLIDE 7.25

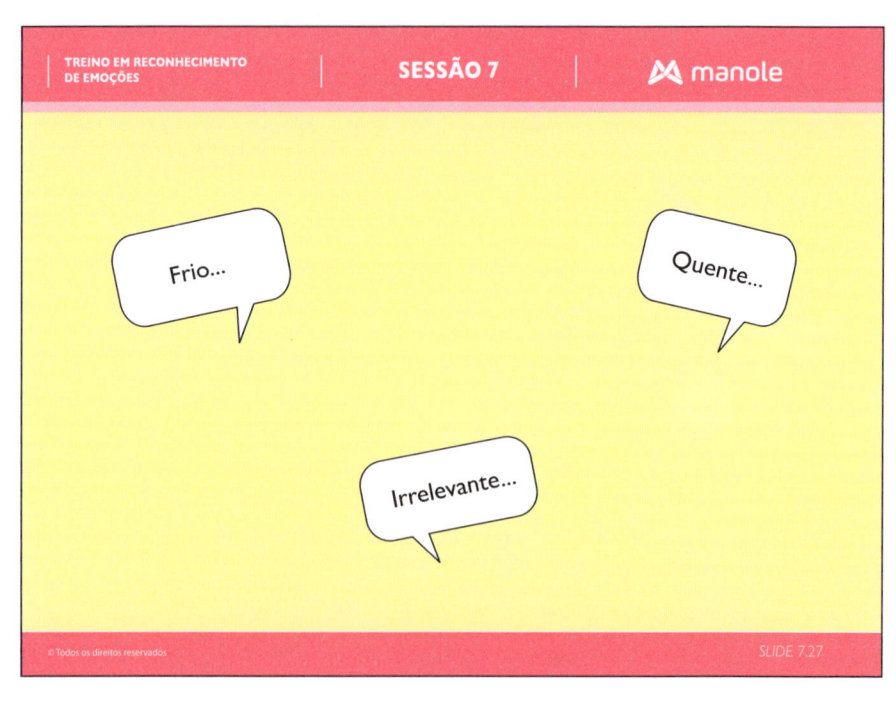

HISTÓRIA4

Cláudia teve que pensar muito e tomar uma decisão, pois era estudante de uma grande escola técnica na área de farmácia onde faziam experimentos científicos para descobertas de medicamentos, entretanto, pensou em desistir da pesquisa pois a pandemia que estava presente a deixaria com muito medo de se arriscar, pois sua saúde era frágil e seu pai doente crônico – ela estava com medo de ambos adoeceram e não suportar. Mas um belo dia, levantou-se e foi ao laboratório protegida, sentia-se segura. Ela se lembrou dos amigos que ia rever, dos familiares que ia abraçar e estava esperando por isso muito feliz, por esse dia em que todos iriam ganhar!

Por isso peço que entregue esta carta para minha esposa, pois eu não poderia colocá-la em risco enviando diretamente a ela para não levantar suspeitas! Mas ela precisa saber que estamos a salvo.

HISTÓRIA5

Rafael estava atrasado para ir para escola e, ao sair de casa, passou por ali um automóvel estranho. Parecia com um daqueles carros de banco, carros-fortes, mas de dentro dele um rapaz jogou uma caixa no seu quintal sem destinatário... Rafael abriu e viu que havia algumas cartas, mas esperou até o intervalo para voltar a ver os papéis amassados com desenhos feitos com códigos. O professor de matemática se aproximou e o ajudou a descobrir o que significava tudo. Era um senhor que tinha em sua expressão um pedido de ajuda. Por isso peço que entregue esta carta para minha esposa, pois eu não poderia colocá-la em risco enviando diretamente a ela para não levantar suspeitas! Mas ela precisa saber que estamos a salvo.

SLIDE 7.30

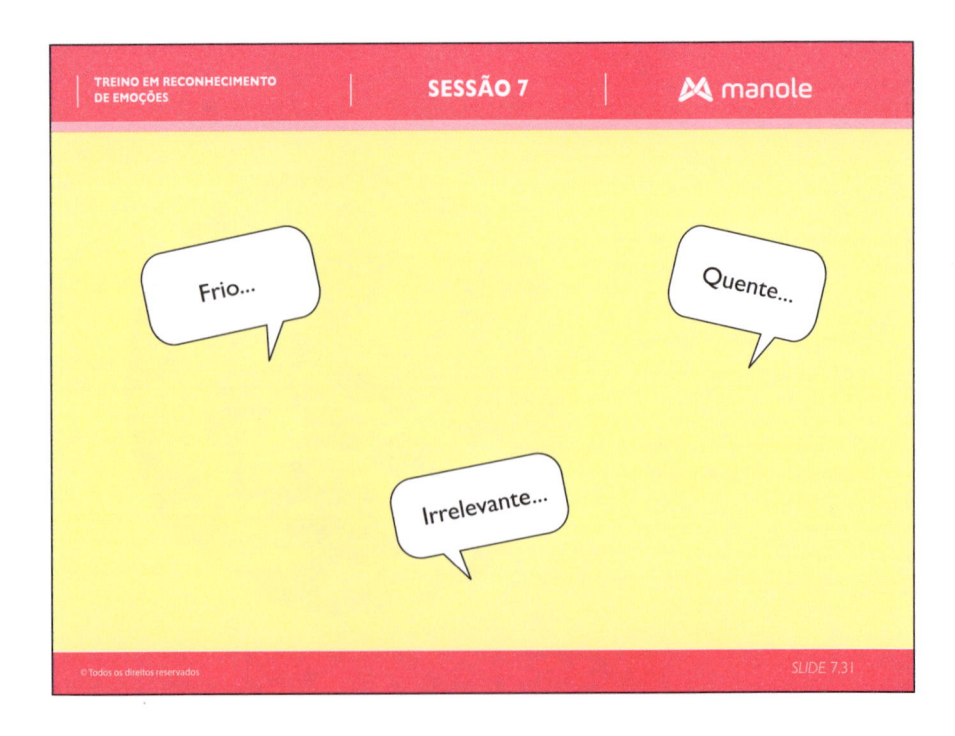

VAMOS FALAR SOBRE QUALIDADES?

SLIDE 7.32

Preencha os três espaços de cima com seus sentimentos bons e o último com uma emoção difícil.

SLIDE 7.33

SESSÃO 8

SESSÃO 8

Reconhecendo a tristeza

Não está autorizada a veiculação das imagens dos *slides* em eventos, mídias digitais ou na divulgação do material.

SLIDE 8.1

SESSÃO 8

O que é e para que serve a tristeza?

A tristeza é uma emoção básica que está relacionada a uma experiência de perda, de desamparo.

Desenvolve reflexão e mudanças de comportamento fundamentais.

Quando reconhecemos os sinais da tristeza, conseguimos lidar melhor com ela.

SLIDE 8.2

Como percebemos a tristeza em nós mesmos?

Dá para sentir um esfriamento nas pernas.

Sentimos um aperto no coração.

O nosso coração bate mais forte ou não se altera.

A nossa respiração fica mais profunda e rápida ou lenta.

Sentimos vontade de chorar.

ALGUNS SENTIMENTOS E REAÇÕES ASSOCIADOS À TRISTEZA

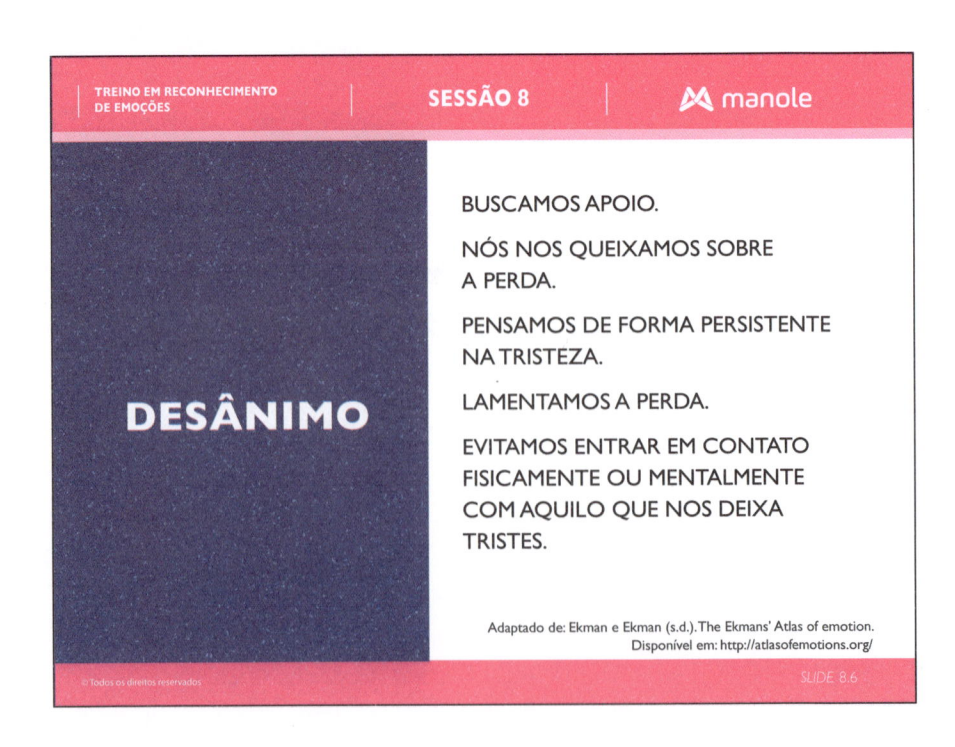

IMPOTÊNCIA

BUSCAMOS APOIO.

NÓS NOS QUEIXAMOS SOBRE A PERDA.

EVITAMOS ENTRAR EM CONTATO FISICAMENTE OU MENTALMENTE COM AQUILO QUE NOS DEIXA TRISTES.

PENSAMOS PERSISTENTEMENTE NA TRISTEZA.

NÓS NOS CONCENTRAMOS NA PERDA.

TEMOS VERGONHA DO QUE MOTIVOU A TRISTEZA.

Adaptado de: Ekman e Ekman (s.d.). The Ekmans' Atlas of emotion.
Disponível em: http://atlasofemotions.org/

SLIDE 8.7

PESAR

BUSCAMOS APOIO.

EVITAMOS ENTRAR EM CONTATO FISICAMENTE OU MENTALMENTE COM AQUILO QUE NOS DEIXA TRISTES.

PENSAMOS DE FORMA PERSISTENTE NA TRISTEZA.

LAMENTAMOS A PERDA.

TEMOS VERGONHA DO QUE MOTIVOU A TRISTEZA.

DESEJAMOS REAVER, OU SEJA, TER DE VOLTA O QUE PERDEMOS.

Adaptado de: Ekman e Ekman (s.d.). The Ekmans' Atlas of emotion.
Disponível em: http://atlasofemotions.org/

SLIDE 8.8

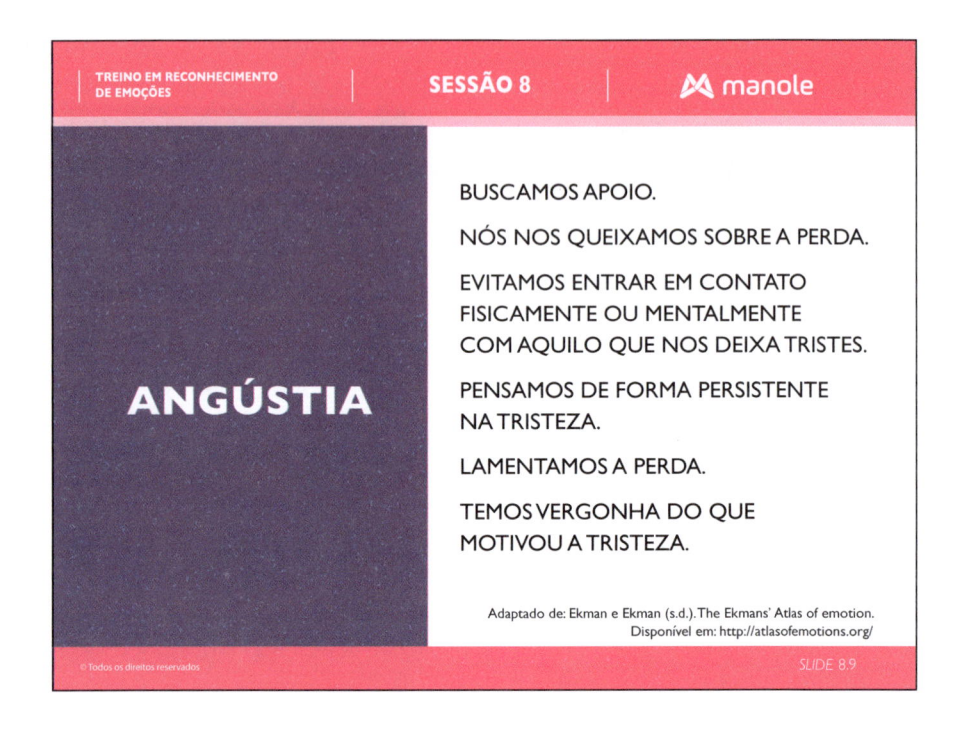

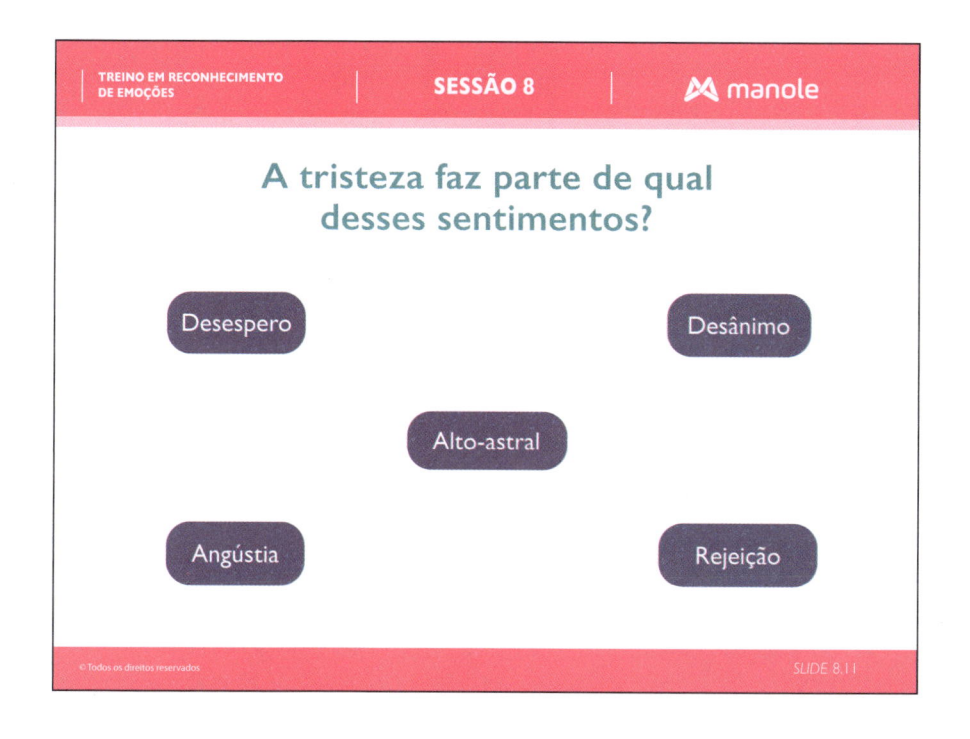

| **SESSÃO 8** | ⋀ manole

E se...

E se... não fosse levado em consideração por estar se sentindo triste?

E se... deixasse de brincar com as pessoas que estão à sua volta, ou deixasse de se esforçar para aprender uma coisa legal?

SLIDE 8.13

| **SESSÃO 8** | ⋀ manole

Identifique os sinais da tristeza

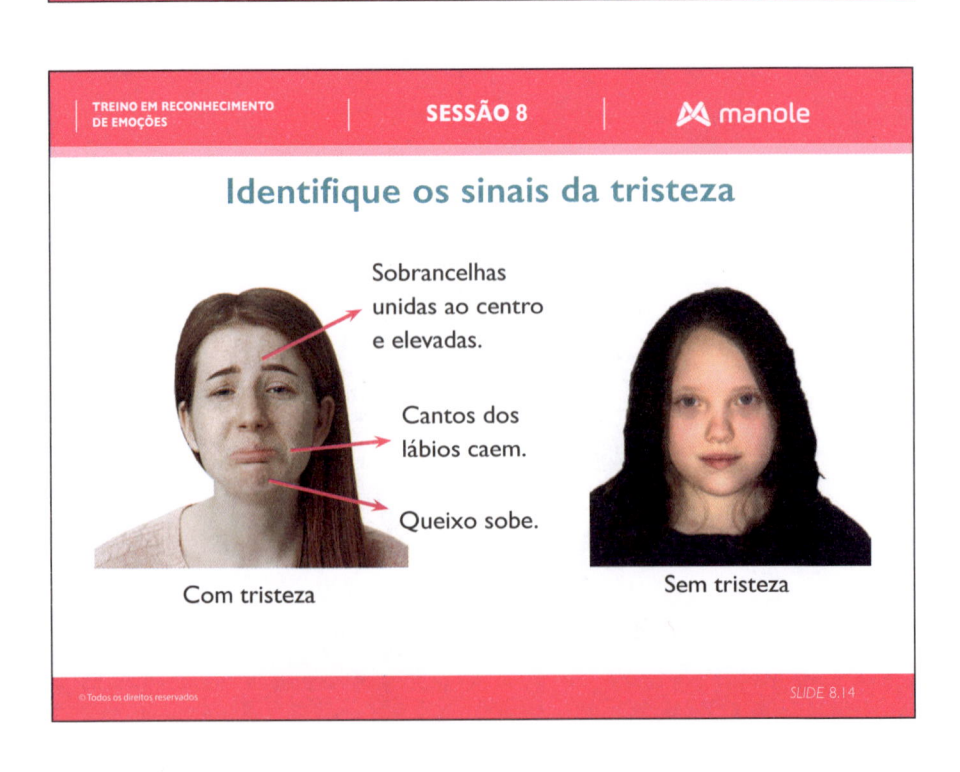

Sobrancelhas unidas ao centro e elevadas.

Cantos dos lábios caem.

Queixo sobe.

Com tristeza

Sem tristeza

SLIDE 8.14

SLIDE 8.15

SLIDE 8.16

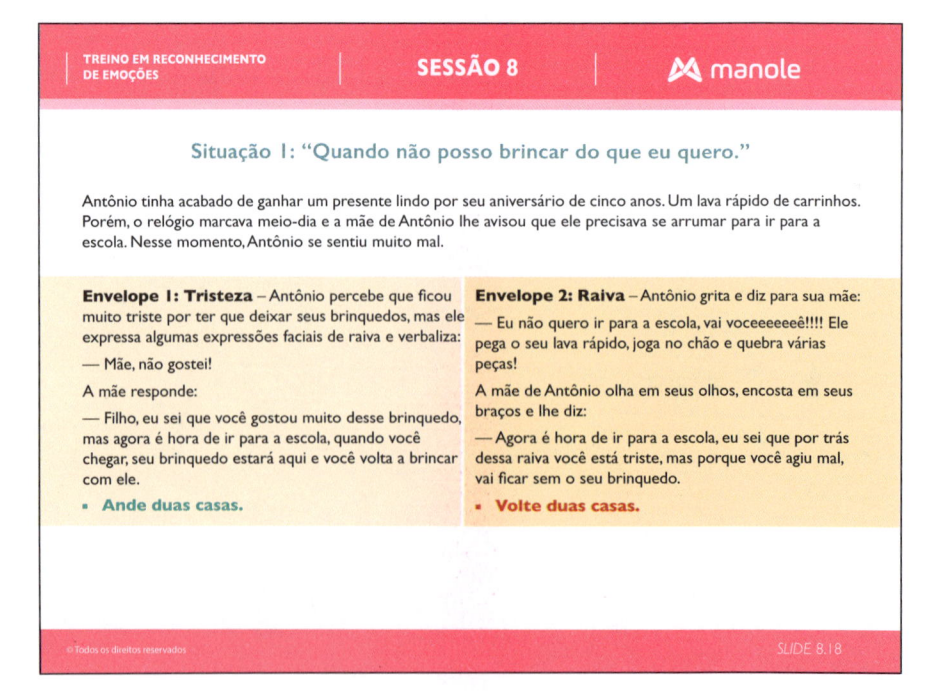

Situação 2: "Quando zombam de mim."

Luís acabou de chegar num time de futebol. Ele estava muito feliz, porque seria o goleiro. Porém, após o último jogo, alguns colegas do seu time começaram a zombar dele e o apelidaram de mão furada porque ele não conseguiu defender nenhuma bola do time adversário.

Envelope 1: Luís ficou decepcionado por saber que na hora que precisou da compreensão de seus colegas, alguns o rejeitaram. Ficou triste e conversou com o técnico que não esperava que isso fosse acontecer, pois havia se preparado para vencer. O técnico reconheceu que ele estava sendo injustiçado e ficou de conversar com os colegas de Luís.

- **Ande duas casas.**

Envelope 2: Luís não suportou ser chamado de mão furada e disse:

—Você quer ver mão furada?

E então deu um tapa no colega que o apelidou.

- **Volte duas casas.**

Situação 3: "Quando me sinto solitário."

Desde que Luana começou a estudar, nunca tinha se mudado de escola. Hoje, porém, é o seu primeiro dia na nova escola. Todos os seus amigos ficaram em sua antiga escola e ela está se lembrando muito deles. Ela lembra que Margarida lhe emprestou uma boneca no dia do brinquedo e que sua antiga professora sempre desenhava coraçõezinhos no seu caderno.

Envelope 1: Luana lembrou que desde que soube que mudaria de escola sentiria saudade dos seus amigos e isso a deixou muito pensativa sobre como seria difícil. Ela lembra que o seu carinho pelos antigos amigos não vai mudar, por isso, Luana decidiu que vai aproveitar o seu recreio para pular corda com seus novos colegas.

- **Ande duas casas.**

- **Envelope 2:** Dia após dia, Luana evitou os seus novos colegas da nova escola e por vezes se trancou no banheiro para chorar e não contou nada para ninguém sobre seus sentimentos.

Finalmente, sua professora percebeu que estava abatida e lhe explicou que isolar-se por muito tempo não iria solucionar a sua tristeza.

- **Volte duas casas.**

Situação 4: "Quando querem que eu seja a melhor em tudo."

Liliane acaba de chegar em casa com o seu boletim em que constam as notas do bimestre. Todas as suas notas são maiores do que oito, exceto na matéria matemática. Quando Liliane mostra o seu boletim para seus pais, ouve o que ela já temia:
— Mas minha filha, o que é isso, o que é essa nota cinco nesse seu boletim? Você deveria ser mais estudiosa como o seu irmão.

Envelope 1: Liliane se sente muito triste e muito mal com a fala dos pais. Ela não aguenta a angústia e telefona para contar o acontecido para sua melhor amiga, que a ouve, dizendo que entende como deve ter sido difícil para ela. Após ser ouvida pela amiga, Liliane consegue se lembrar das demais notas muito boas e pensa que pode recuperar a nota vermelha se dedicando a estudar mais.

Seus pais reconhecem que falharam em comparar Liliane ao irmão e resolvem ajudá-la com um plano de estudo.

- **Ande duas casas.**

Envelope 2: Liliane rasgou o seu boletim, bateu a porta e quebrou alguns objetos.

Seus pais entram no seu quarto, expressam que reconhecem que falharam em comparar Liliane ao irmão e resolvem ajudá-la com um plano de estudo, mas que ela ficará uma semana sem a mesada do mês para ir ao cinema.

- **Volte três casas.**

SESSÃO 9

Reconhecendo a raiva

Não está autorizada a veiculação das imagens dos *slides* em eventos, mídias digitais ou na divulgação do material.

O QUE É E PARA QUE SERVE A RAIVA?

É uma emoção básica de valor negativo.

O desconforto provocado sinaliza que algo precisa ser mudado.

A raiva está diretamente ligada à frustração.

SLIDE 9.2

FRUSTRAÇÃO

- TENTAMOS CONTER A RAIVA.
- NÓS NOS OPOMOS PROVOCANDO DISCÓRDIA.
- ATACAMOS ALGUÉM ATÉ QUE ENFRAQUEÇA.
- AGIMOS DE MODO A PERSEVERAR NAS AÇÕES DE RAIVA.
- MENOSPREZAMOS O OUTRO.
- AGIMOS COM RAIVA DE FORMA DISFARÇADA.
- SOMOS GROSSEIROS.

Adaptado de: Ekman e Ekman (s.d.). The Ekmans' Atlas of emotion.
Disponível em: http://atlasofemotions.org/

SLIDE 9.3

DISCUSSÃO

- TENTAMOS CONTER A RAIVA.
- NÓS NOS OPOMOS PROVOCANDO DISCÓRDIA.
- AGIMOS DE MODO A PERSEVERAR NAS AÇÕES DE RAIVA.
- MENOSPREZAMOS O OUTRO.

Adaptado de: Ekman e Ekman (s.d.). The Ekmans' Atlas of emotion.
Disponível em: http://atlasofemotions.org/

SLIDE 9.4

IRRITAÇÃO

- TENTAMOS CONTER A RAIVA.
- AGIMOS DE MODO A PERSEVERAR NAS AÇÕES DE RAIVA.
- AGIMOS COM RAIVA DE FORMA DISFARÇADA.

Adaptado de: Ekman e Ekman (s.d.). The Ekmans' Atlas of emotion.
Disponível em: http://atlasofemotions.org/

SLIDE 9.5

RANCOR

- TENTAMOS CONTER A RAIVA.
- DISCUTIMOS VERBALMENTE.
- NÓS NOS OPOMOS PROVOCANDO DISCÓRDIA.
- ATACAMOS ALGUÉM ATÉ QUE ENFRAQUEÇA.
- AGIMOS DE MODO A PERSEVERAR NAS AÇÕES DE RAIVA.
- MENOSPREZAMOS O OUTRO.
- AGIMOS COM RAIVA DE FORMA DISFARÇADA.
- SOMOS GROSSEIROS.

Adaptado de: Ekman e Ekman (s.d.). The Ekmans' Atlas of emotion.
Disponível em: http://atlasofemotions.org/

SLIDE 9.6

VINGANÇA

- NÓS NOS OPOMOS PROVOCANDO DISCÓRDIA.
- DISCUTIMOS VERBALMENTE.
- ATACAMOS ALGUÉM ATÉ QUE ENFRAQUEÇA.
- AGIMOS DE MODO A PERSEVERAR NAS AÇÕES DE RAIVA.
- AGIMOS COM RAIVA DE FORMA DISFARÇADA.
- SOMOS GROSSEIROS.

Adaptado de: Ekman e Ekman (s.d.). The Ekmans' Atlas of emotion.
Disponível em: http://atlasofemotions.org/

SLIDE 9.7

FÚRIA

- DISCUTIMOS VERBALMENTE.
- ATACAMOS ALGUÉM ATÉ QUE ENFRAQUEÇA.
- AGIMOS DE MODO A PERSEVERAR NAS AÇÕES DE RAIVA.
- MENOSPREZAMOS O OUTRO.
- AGIMOS COM RAIVA DE FORMA DISFARÇADA.
- SOMOS GROSSEIROS.

Adaptado de: Ekman e Ekman (s.d.). The Ekmans' Atlas of emotion.
Disponível em: http://atlasofemotions.org/

SLIDE 9.8

COMO PERCEBEMOS A RAIVA EM NÓS MESMOS?

- Dá para sentir o sangue descendo para os punhos.
- O nosso corpo se move para ataque.
- Começamos a tremer.
- Começamos a suar muito.
- O nosso coração bate mais forte.
- A nossa respiração fica mais curta e rápida.
- A nossa voz se altera, às vezes até gritamos.

SLIDE 9.9

A RAIVA QUE SENTIMOS PODE SER INFLUENCIADA POR:

Fatores genéticos	Algumas reações à irritabilidade já nascem com você.
Fatores ambientais	Quando você vai crescendo, suas experiências de vida e convívio com as pessoas influenciam no seu desenvolvimento.

IDENTIFIQUE OS SINAIS DA RAIVA

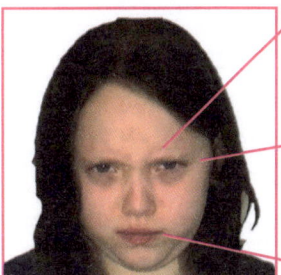

Sobrancelhas ficam baixas e juntas.

Pálpebras tensas e o olhar é fixo.

A boca é pressionada.

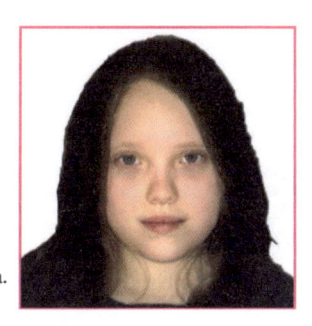

Com raiva   Sem raiva

| SESSÃO 9 | manole

IDENTIFIQUE O SENTIMENTO EM CADA IMAGEM E APONTE AS REAÇÕES QUE VOCÊ CONSEGUE PERCEBER

Cruzar os braços

Ranger os dentes, cerrar os punhos.

SLIDE 9.12

| SESSÃO 9 | manole

COMO VOCÊ SE SENTE QUANDO ESTÁ COM RAIVA?

Como você reagiria se...

Vocêsesentisse injustiçado(a)?	Estivesse proibido(a) de jogar?	Fosseacusado(a) de algo que não fez?

SLIDE 9.13

Ao lidar com a raiva...

Busque resolver a situação e não um culpado.

Isole a pessoa da situação.

SEPARE AS AÇÕES QUE FAVORECEM UM CONTROLE DA RAIVA DAS QUE GERAM DESCONTROLE.

Distrair-se seja caminhando ou ouvindo uma música.

Agitar-se, seguir o impulso para bater, atirar objetos, agredir.

Tentar resolver o problema e não a pessoa ofensora.

Pensar que é um sentimento ruim, julgar estar contaminado e contaminando o ambiente.

Desatar o nó da garganta, escolhendo as palavras que vai falar no momento raiva.

Romper relacionamentos, fazendo intrigas, conflitos; xingar e bater.

Expressar verbalmente o que sentiu, conversando com um amigo, ou alguém de sua confiança.

Dirigir-se ao ofensor e buscar uma oportunidade para falar como sentiu-se injustiçado, mas com tom de voz brando.

Falar de forma áspera, com tom de voz alto e grave.

Respirar fundo e esforçar-se para compreender a situação causadora da raiva.

Dialogar consigo mesmo: não foi a pessoa, mas o comportamento dela...

Pensar com vingança: "Isso não vai ficar assim.

Afastar-se da situação, mantendo-se um tempo sozinho para reestruturar as situações que causaram desconforto.

Pensar na possibilidade da pessoa ofensora estar passando por um problema difícil.

SLIDE 9.16

SEPARE AS AÇÕES QUE FAVORECEM UM CONTROLE DA RAIVA DAS QUE GERAM DESCONTROLE.

Distrair-se seja caminhando ou ouvindo uma música.

Tentar resolver o problema e não a pessoa ofensora.

Desatar o nó da garganta, escolhendo as palavras que vai falar no momento raiva.

Agitar-se, seguir o impulso para bater, atirar objetos, agredir.

Pensar que é um sentimento ruim, julgar estar contaminado e contaminando o ambiente.

SLIDE 9.17

Romper relacionamentos, fazendo intrigas, conflitos; xingar e bater.

Expressar verbalmente o que sentiu, conversando com um amigo, ou alguém de sua confiança.

Dirigir-se ao ofensor e buscar uma oportunidade para falar como sentiu-se injustiçado, mas com tom de voz brando.

Falar de forma áspera, com tom de voz alto e grave.

Respirar fundo e esforçar-se para compreender a situação causadora da raiva.

Dialogar consigo mesmo: não foi a pessoa, mas o comportamento dela...

Pensar com vingança: "Isso não vai ficar assim.

Afastar-se da situação, mantendo-se um tempo sozinho para reestruturar as situações que causaram desconforto.

Pensar na possibilidade da pessoa ofensora estar passando por um problema difícil.

PARA QUAL CAMINHO NOS LEVAM O CONTROLE DA RAIVA E O DESCONTROLE DA RAIVA?

| **SESSÃO 9** | **⋏ manole**

COMO PODEMOS CONTROLAR A RAIVA?

- Refletir sobre a situação causadora da raiva.
- Respirar fundo.
- Resolver a situação sem procurar culpados.
- Se for preciso, afastar-se da situação.
- Se puder, fazer uma caminhada.
- Quando sentir que é possível, expressar verbalmente o que sente em tom de voz brando.

SLIDE 9.20

| **SESSÃO 9** | **⋏ manole**

Desenhe ou escreva com suas próprias palavras duas ações e estratégias que você utiliza para controlar a sua raiva.

SLIDE 9.21

Ao esconder a raiva, agimos como um vulcão, que em algum momento entra em erupção.

Em nosso caso, isso pode resultar em agressão.

VAMOS ASSISTIR?

Uma maneira de lidar com a raiva é pensar em estratégias de autocontrole, antes de agir.

Para complementar esse momento, observe o vídeo a seguir:

Animação curtametragem "Ponte":

https://www.youtube.com/watch?v=Nktuy9p4hro.

VIOLÊNCIA X DIÁLOGO?

Vamos falar sobre o vídeo? Qual atitude funcionou para que os personagens atingissem seus objetivos?

SLIDE 9.24

HISTÓRIA

Ricardo tinha mudado de cidade recentemente. Assim que chegou em sua nova escola, percebeu que todos os garotos da sala tinham muitos *cards* de Pokemon. Além de se sentir um pouco deslocado, porque era novo naquela classe, também se sentia excluído, pois não tinha *cards* para trocar com os seus colegas. Ao chegar em casa, contou para o seu pai e ele lhe prometeu que lhe daria *cards* de Pokemon. Após uma semana de expectativa, Ricardo finalmente ganhou o presente que desejava. Ao chegar na escola, começou a brincar com seus colegas, porém, nem tinha começado a brincar dentro da classe, e a professora chegou pedindo que guardassem tudo, para dar início a aula. Ricardo não obedeceu, embora seus amigos logo tivessem guardado os *cards*, a professora insistiu três vezes com Ricardo e ele ainda assim não acatou as orientações dela. Desta forma, a professora pegou os *cards* de sua mão, guardou na bolsa e disse que ele só teria os *cards* de volta depois da reunião dos pais que seria na próxima semana. Ricardo ficou furioso.

SLIDE 9.25

Quais seriam as reações de Ricardo, caso a raiva o dominasse?

O que ele teria feito nesta condição?

O que Ricardo sentiu?

Quais sentimentos estavam associados?

Como Ricardo se comportou? Ele soube lidar com a raiva?

Cite como Ricardo poderia se comportar caso ele tenha conseguido controlar a raiva naquele momento. Como ele se sentiu?

- **Vamos pensar em duas possibilidades, uma que aumente os problemas que Ricardo poderá enfrentar e outra que seja mais adaptativa e diminua a possibilidade de ele experimentar consequências muito negativas:**

Ajudando seu filho a lidar com a raiva:

- Ajude-o a observar suas reações emocionais. "O que está sentindo?"; "Mostre onde sente."

- Ampare a criança pedindo para descrever onde sente. "É uma sensação no peito?"

- Reconheça os sentimentos da criança, descrevendo o que está percebendo. "Vejo que está bravo… podemos conversar?"

- Use linguagem não verbal como toque físico. Demonstre expressões faciais compreensivas.

- Use um tom de voz brando, afetuoso e se disponha a ouvir sem fazer avaliações positivas ou negativas.

- Ao invés de usar respostas de comando como "pare com isso", pratique a empatia. "Entendo o que está sentindo, às vezes me sinto assim também…"

Pise com cuidado no plástico bolha.

Rasgue jornais expressando sua raiva.

SLIDE 9.28

SESSÃO 10

Reconhecendo o medo

SLIDE 10.1

O que é e para que serve o medo?

É uma emoção básica importante para a nossa preservação e sobrevivência.

É como um alarme que nos avisa sobre como reagir a uma situação de perigo.

Quando reconhecemos os sinais do medo, conseguimos lidar melhor com ele.

SLIDE 10.2

ALGUNS SENTIMENTOS E REAÇÕES ASSOCIADOS AO MEDO

SLIDE 10.3

ANSIEDADE

NOSSO CORPO FICA PARALISADO.

TENDEMOS A EVITAR A SITUAÇÃO FISICAMENTE OU MENTALMENTE.

NÃO CONSEGUIMOS PARAR DE PENSAR NO QUE ACONTECEU.

FICAMOS MUITO PREOCUPADOS.

FICAMOS INDECISOS.

Adaptado de: Ekman e Ekman (s.d.). The Ekmans' Atlas of emotion. Disponível em: http://atlasofemotions.org/

SLIDE 10.4

NERVOSISMO

INQUIETAÇÃO

NÃO CONSEGUIMOS PARAR DE PENSAR NO QUE ACONTECEU.

FICAMOS MUITO PREOCUPADOS.

FICAMOS INDECISOS.

Adaptado de: Ekman e Ekman (s.d.). The Ekmans' Atlas of emotion. Disponível em: http://atlasofemotions.org/

SLIDE 10.5

VERGONHA
TEMOR

NOSSO CORPO FICA PARALISADO.

TENDEMOS A EVITAR A SITUAÇÃO FISICAMENTE OU MENTALMENTE.

NÃO CONSEGUIMOS PARAR DE PENSAR NO QUE ACONTECEU.

FICAMOS MUITO PREOCUPADOS.

FICAMOS INDECISOS.

SENTIMOS VONTADE DE GRITAR OU FICAMOS SEM SABER O QUE FALAR.

Adaptado de: Ekman e Ekman (s.d.). The Ekmans' Atlas of emotion. Disponível em: http://atlasofemotions.org/

SLIDE 10.6

DESESPERO

NOSSO CORPO FICA PARALISADO.

TENDEMOS A EVITAR A SITUAÇÃO FISICAMENTE OU MENTALMENTE.

FICAMOS MUITO PREOCUPADOS.

FICAMOS INDECISOS.

SENTIMOS VONTADE DE GRITAR OU FICAMOS SEM SABER O QUE FALAR.

Adaptado de: Ekman e Ekman (s.d.). The Ekmans' Atlas of emotion. Disponível em: http://atlasofemotions.org/

SLIDE 10.7

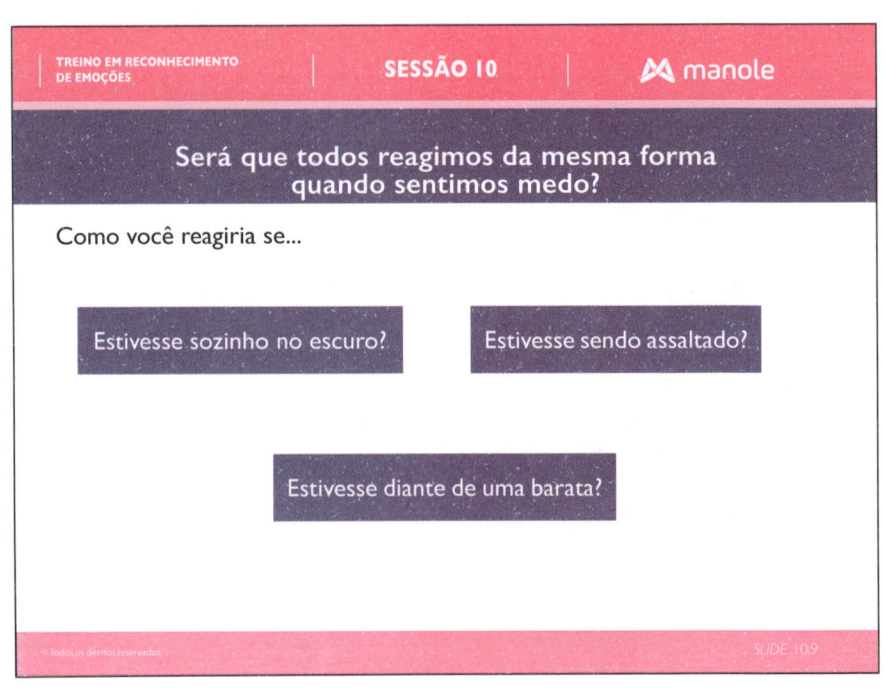

O medo que sentimos pode ser influenciado por:

Fatores genéticos | Algumas reações ao medo já nascem com você.

Fatores ambientais | Quando você vai crescendo, você aprende a reagir ao medo com as pessoas com quem você convive.

SLIDE 10.10

Identifique os sinais do medo

Elevação e junção das sobrancelhas

Pálpebras inferiores tensionadas

Lábios abertos e queixo relaxado

Pescoço tensionado

Com medo

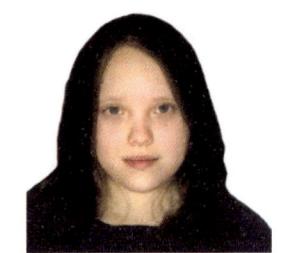

Sem medo

SLIDE 10.11

Como percebemos o medo em nós mesmos?

Dá para sentir o sangue descendo para as pernas.

O nosso coração bate mais forte.

Começamos a tremer ou a sentir que as pernas e os braços ficaram rígidos.

Começamos a suar muito.

O nosso corpo se move para trás.

A nossa respiração fica mais acelerada.

A nossa voz se altera, às vezes até gritamos.

SLIDE 10.14

Você sabia???

Quando sentimos um medo muito intenso por muito tempo, é normal nos sentirmos confusos, com a sensação de "branco na memória", dificultando o nosso raciocínio.

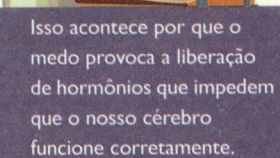

Isso acontece por que o medo provoca a liberação de hormônios que impedem que o nosso cérebro funcione corretamente.

SLIDE 10.15

SITUAÇÕES-PROBLEMA
PARA O MEDO

IMAGINE COMO
VOCÊ REAGIRIA SE....

SLIDE 10.16

Um jacaré aparecesse ao lado
do barco em que você está...

SLIDE 10.17

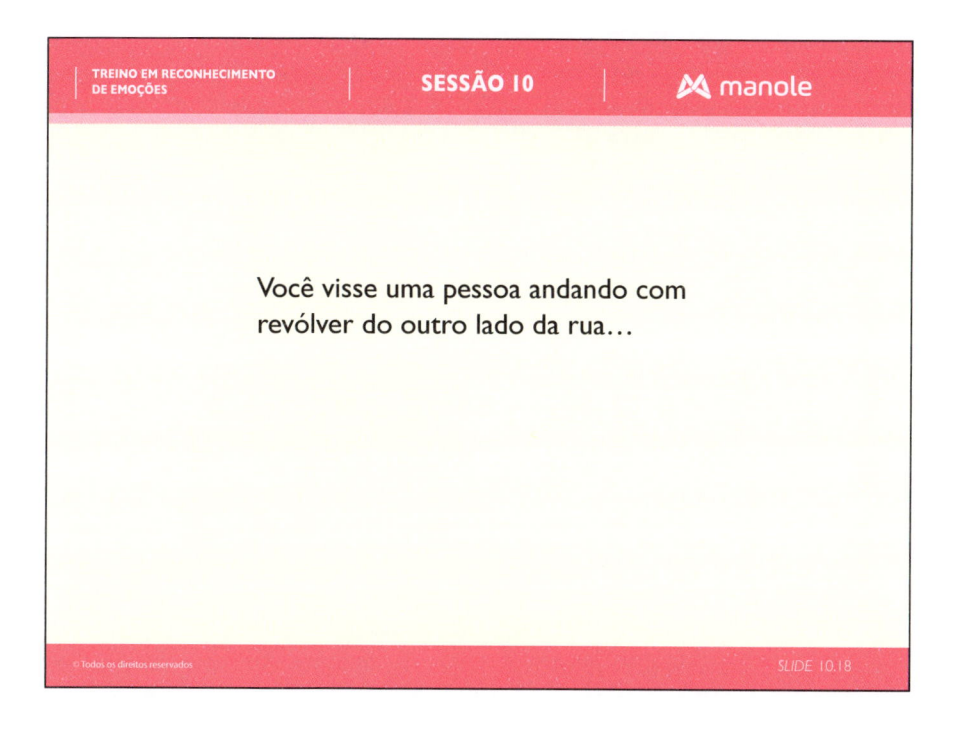

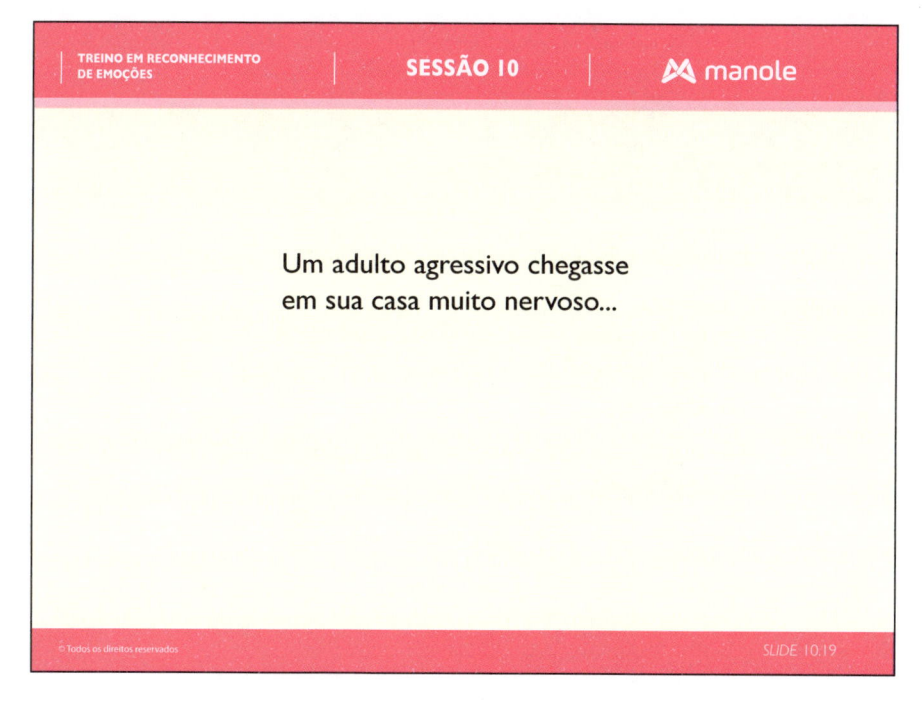

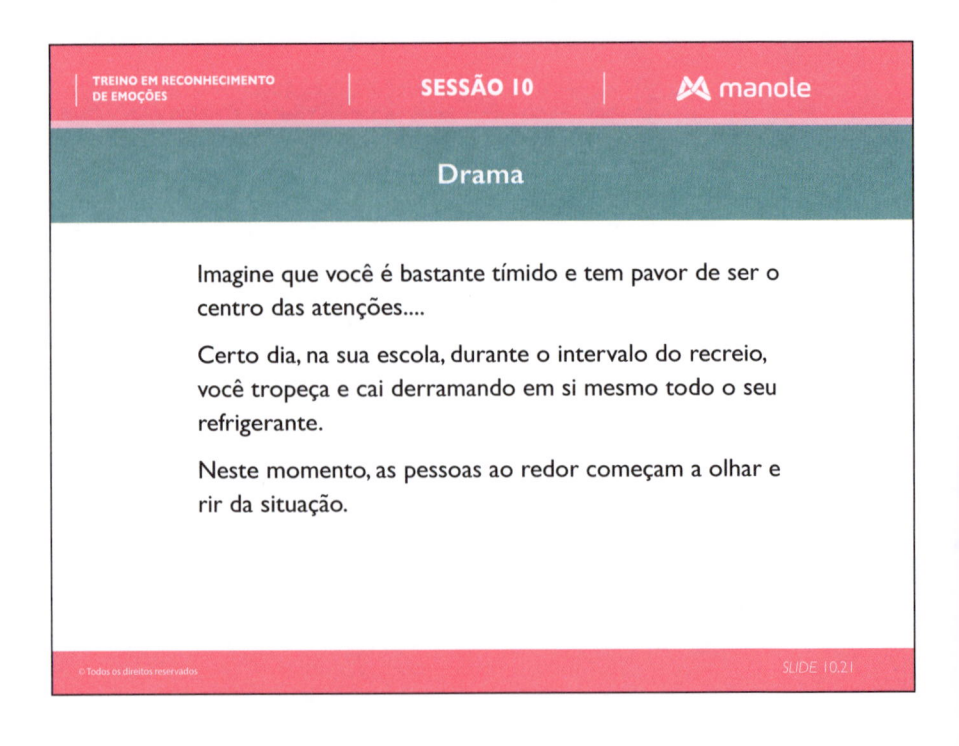

Escolha uma das situações anteriores e:

- Desenhe na face do boneco a expressão facial que você teria.
- Marque no corpo do boneco os locais onde o medo se manifestaria.
- Fale qual a intensidade da emoção que você sentiu.

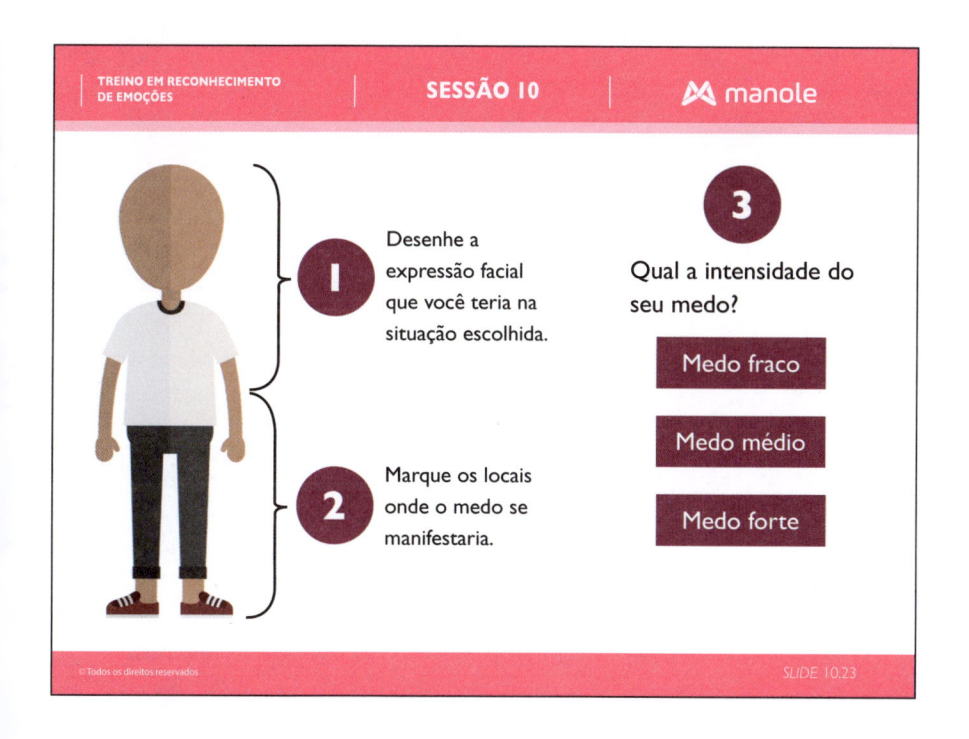

1 Desenhe a expressão facial que você teria na situação escolhida.

2 Marque os locais onde o medo se manifestaria.

3 Qual a intensidade do seu medo?

Medo fraco

Medo médio

Medo forte

| SESSÃO 10 | manole

MOMENTO COM OS ADOLESCENTES

SLIDE 10.24

TREINO EM RECONHECIMENTO DE EMOÇÕES | SESSÃO 10 | manole

Concentre-se na história a seguir...

SLIDE 10.25

No meio da aula de química, o celular de Ana tocou, pois ela havia esquecido de desligá-lo, e era uma regra da escola. Ao perceber a agitação da turma com o ocorrido, o professor muito seriamente pede que ela se retire da sala. Ana não consegue se controlar e sai chorando.

Quais dos possíveis pensamentos melhoram ou pioram a ansiedade de Ana?

"Eu devo ser muito fraca mesmo, ninguém chora quando o professor chama sua atenção em sala de aula, sou a única que não se controla. Passei a maior vergonha por culpa minha, pois esqueci o celular ligado!"

"Acho que estou me sentindo assim porque na minha vida tudo sempre dá errado e todos me acham um fracasso."

Quais dos possíveis pensamentos melhoram ou pioram a ansiedade de Ana?

"Acho que vou pirar com tanto mal-estar."

"É muita fraqueza minha chorar! Por que eu não apenas me desculpei com o professor ao invés de sair chorando?"

SLIDE 10.28

Buscando ajuda para lidar com a ansiedade...

 **1** Ana conversou com uma tia em que confiava muito e era a sua confidente e percebeu que a situação vivenciada em sala de aula na verdade a fez reviver uma situação constrangedora que vivenciou no passado, causando um desconforto emocional muito semelhante.

2 Ela lembrou que seu avô, um senhor muito sério, um dia estava muito bravo e a repreendeu injustamente, deixando-a de castigo por horas enquanto seus pais não estavam em casa. Na época, Ana teve medo de contar para outros adultos, sentiu-se triste e chorou muito.

SLIDE 10.29

Buscando ajuda para lidar com a ansiedade...

3 Na conversa com sua tia, Ana percebeu a semelhança do que sentiu quando foi repreendida por seu avô e pelo professor, identificando que ambos tinham características semelhantes, eram homens sérios e o sentimento de medo que a fez chorar na verdade foi desencadeado pela memória da emoção ruim que teve no passado, não estando realmente relacionada ao professor.

4 Ao compreender a origem daquela emoção ruim, Ana percebeu que não precisava mais agir da mesma forma sempre que algo semelhante acontecesse, mas que poderia buscar outras formas de enfrentar seu medo de ser repreendida, diferentemente do que aconteceu no passado com seu avô.

A **memória emocional** é uma lembrança que ocorre quando revivemos emoções vivenciadas no passado.

Pensando nisso, solicite às crianças/adolescentes que identifiquem os trechos da história que resgatem as emoções que Ana sentiu no episódio do celular e também no episódio com o seu avô.

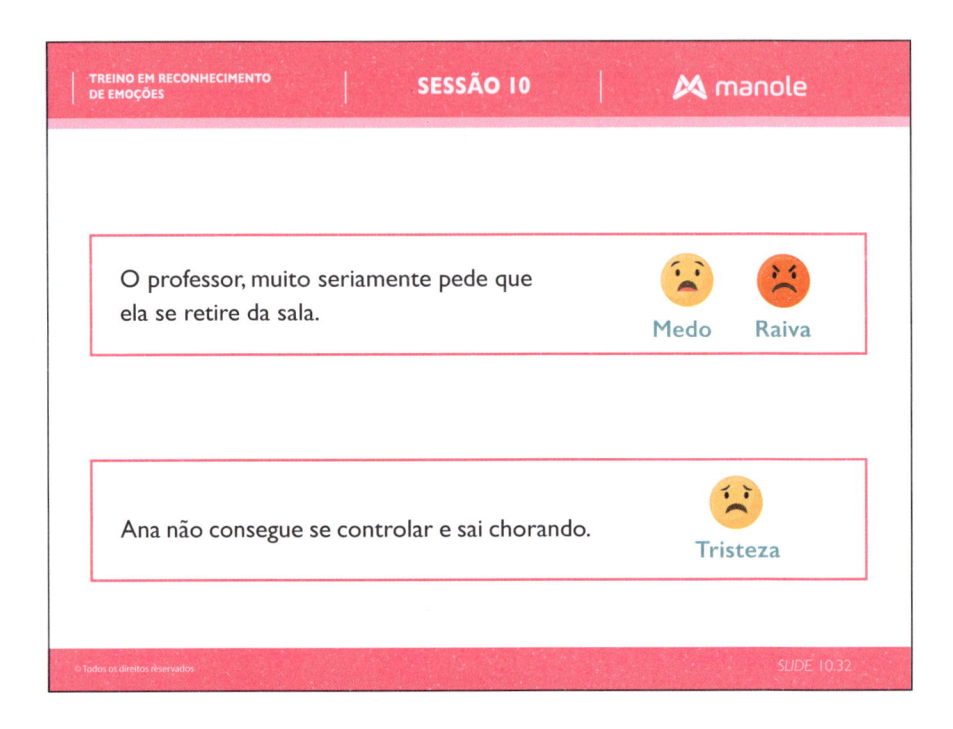

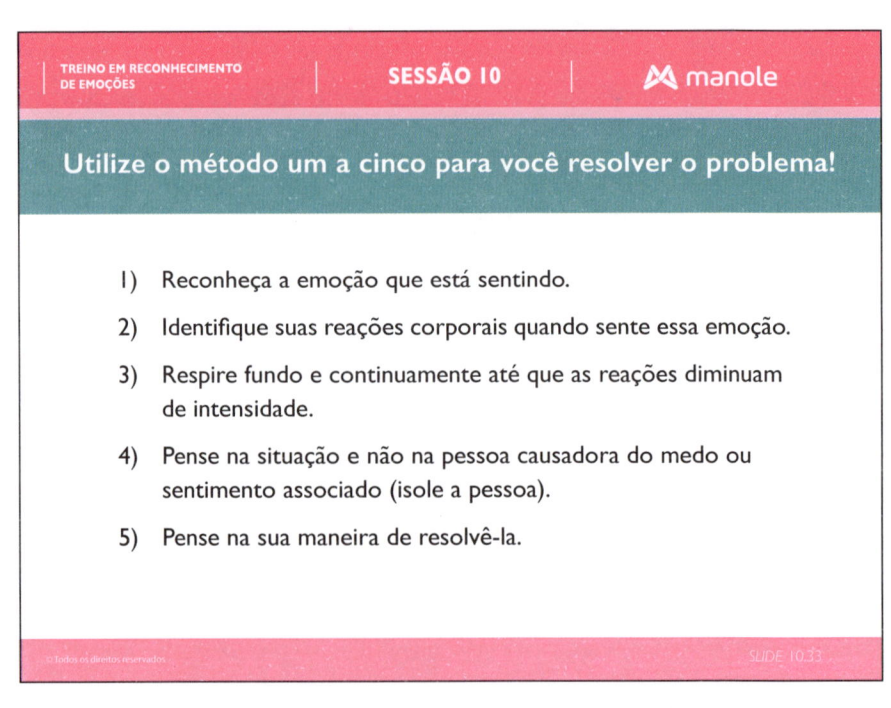

O que eu posso fazer para ajudar alguém que está sentindo medo?

Você pode oferecer-lhe segurança e acolhimento, isso vai ajudá-la a ficar mais tranquila.

Nunca exponha a pessoa fazendo que os outros percebam que ela está com medo.

SESSÃO 11
Reconhecendo o nojo e o desprezo

O QUE SÃO E PARA QUE SERVEM O NOJO E O DESPREZO?

Os sentimentos associados ao nojo envolvem a aversão, o descontentamento, a repugnância, o asco, a abominação.

O nojo envolve alimentos, cheiros, além de ideias morais e aparências estranhas de animais ou de pessoas.

O desprezo é direcionado apenas às pessoas e às ações delas.

SLIDE 11.2

NOJO

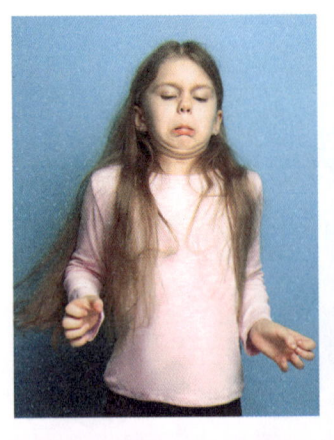 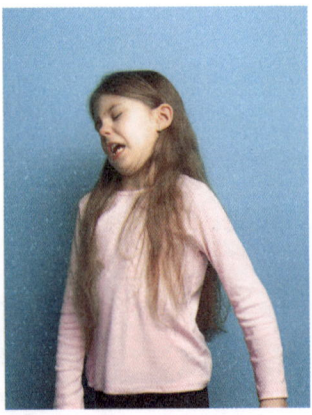

SLIDE 11.3

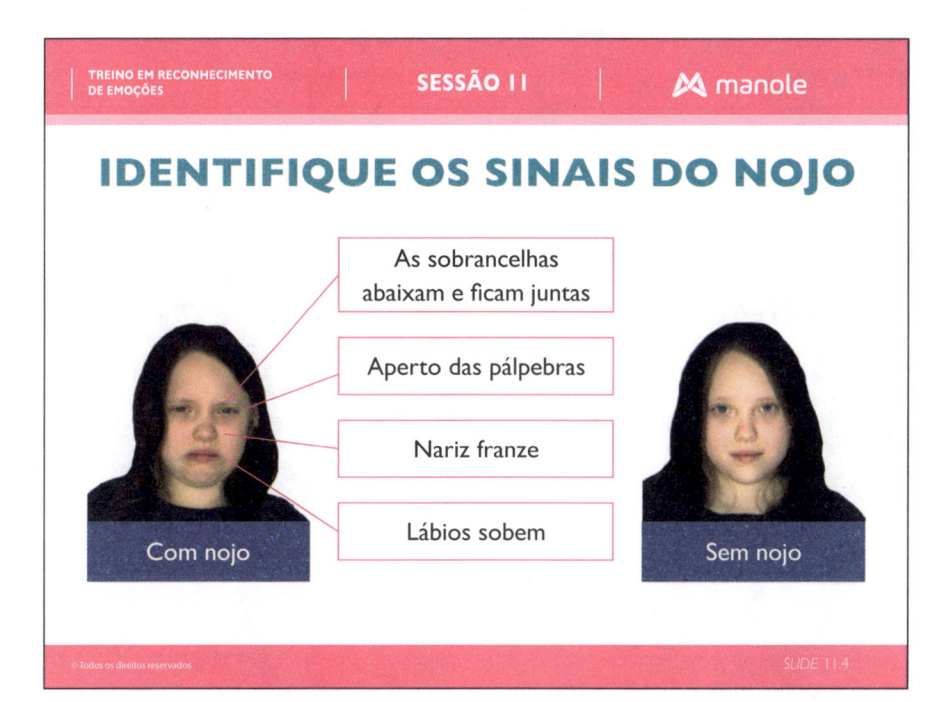

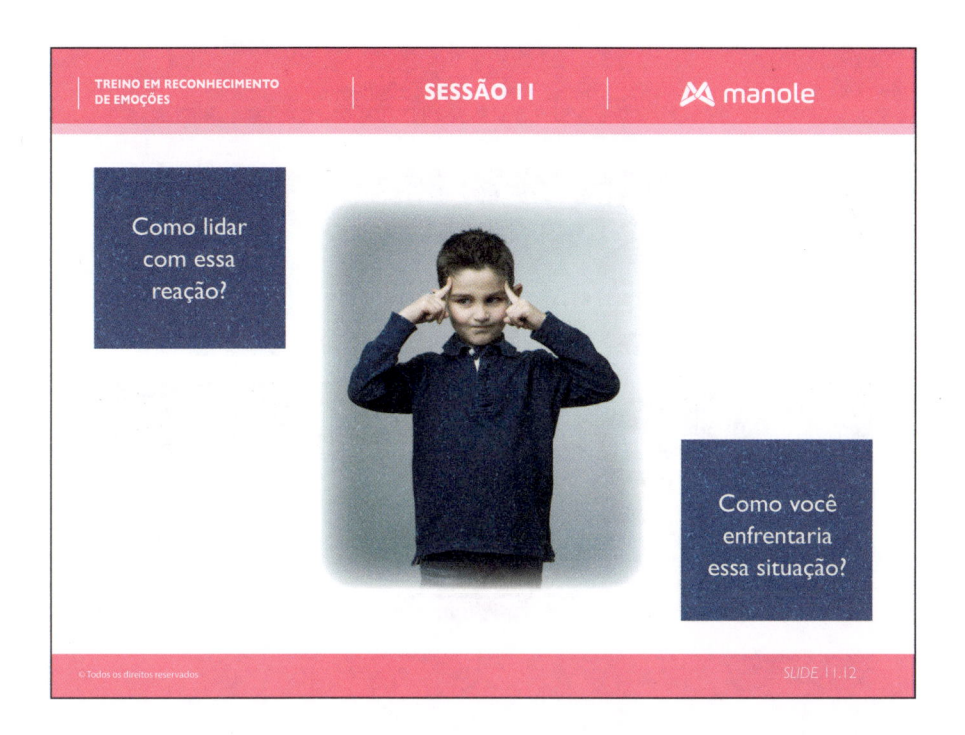

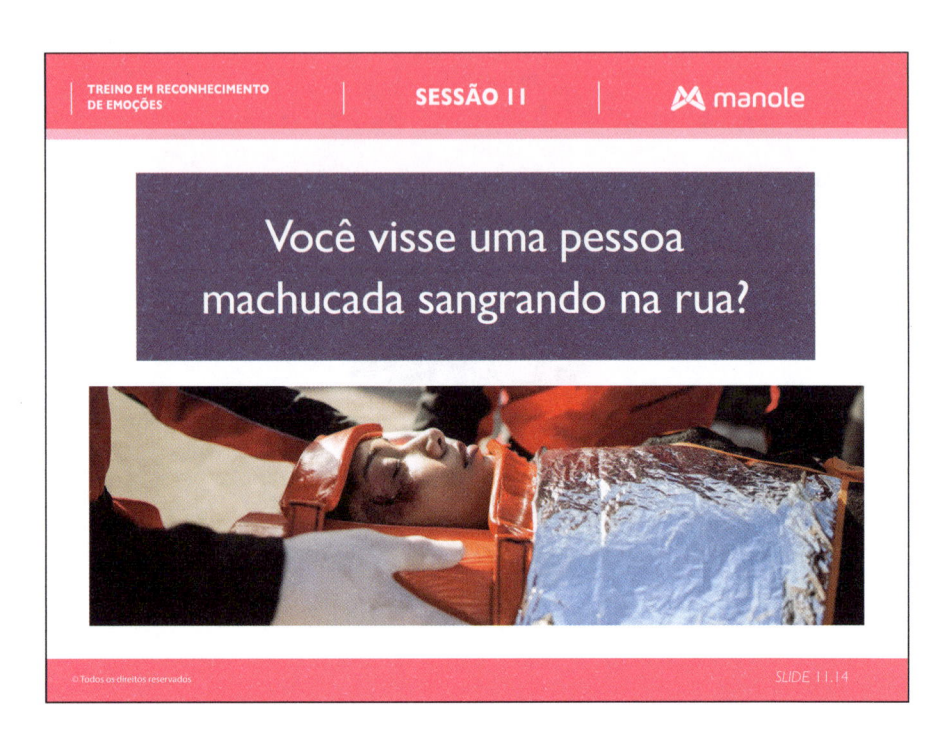

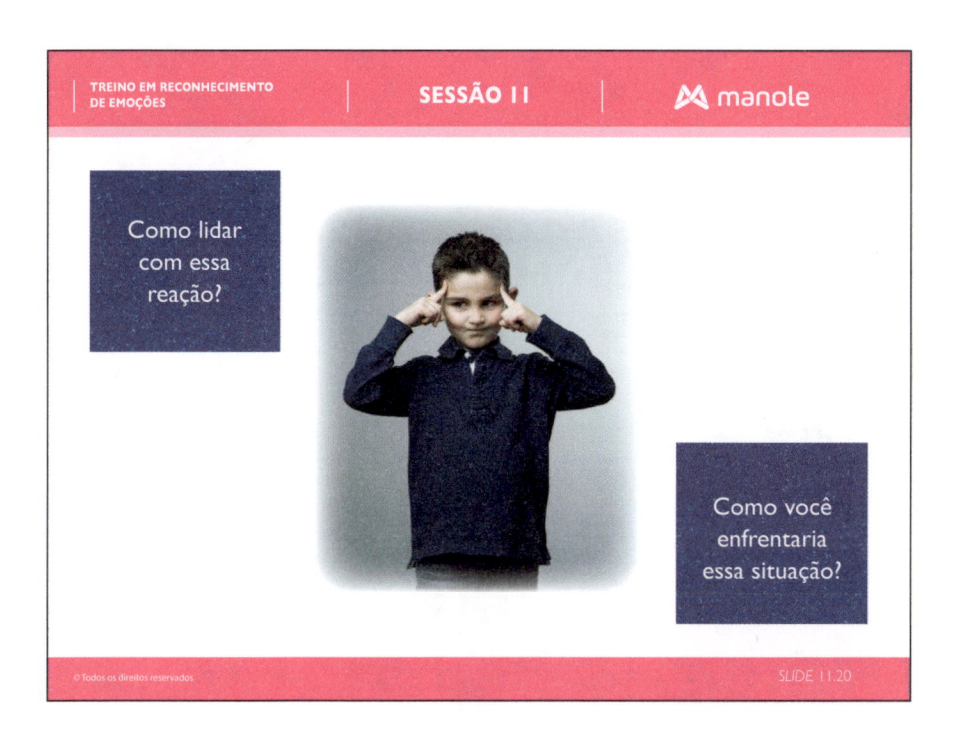

História de Ricardo

Recentemente, um novo colega ingressou na escola de Ricardo. Ricardo estava voltando da escola quando percebeu atrás de si sons de outros passos. Atravessava o mesmo jardim que ele, Roque. Ao olhar para trás, Ricardo percebeu que Roque tinha pisado em muitos dos cocôs de cachorro que havia naquele jardim. Roque movido por maus pensamentos correu atrás de Ricardo, segurou-o em seus braços e disse: peguei você, seu baixinho, beije agora meus pés! Por sorte, o guarda do jardim apareceu bem naquele momento e viu a situação, repreendendo Roque em seguida e impedindo-o de prosseguir. O guarda ligou para os pais de ambos e ficou com eles até virem buscá-los.

Responda:

O que Ricardo sentiu quando Roque pediu para que beijasse seus pés?

Em que outras situações podemos sentir uma sensação parecida com a de Ricardo?

Porque você imagina que exista essa sensação no nosso corpo?

Reflexões

Na história, Ricardo sabia que seria contaminado com as fezes. Para Roque, talvez esse objeto do nojo pode não ter representado tanta aversão, pois ele mesmo foi levado a pisar nas fezes. Considerando que os pensamentos de provocação moveram Roque para essa atitude, há a possibilidade de pessoas romperem a barreira do nojo interpretando como natural, invalidando o sentimento do outro.

SLIDE 11.24

Vamos conversar sobre o desprezo?

SLIDE 11.25

SESSÃO 12

Reconhecendo a surpresa e o amor

Não está autorizada a veiculação das imagens dos *slides* em eventos, mídias digitais ou na divulgação do material.

SLIDE 12.1

O QUE SENTIRAM QUANDO ENTRARAMEM NOSSA SALA HOJE?

SLIDE 12.2

| **SESSÃO 12** | **M** manole

GESTOS DE AMOR

SLIDE 12.11

| **SESSÃO 12** | **M** manole

GESTOS DE AMOR

O que mais?

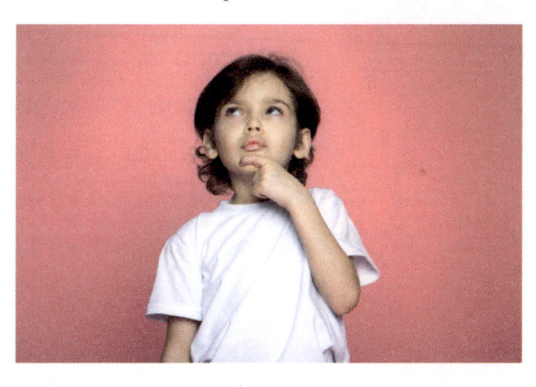

SLIDE 12.12

TREINO EM RECONHECIMENTO DE EMOÇÕES | SESSÃO 12 | manole

COMO SEU FAMILIAR EXPRESSA E RECEBE AMOR?

SLIDE 12.13

TREINO EM RECONHECIMENTO DE EMOÇÕES | SESSÃO 12 | manole

QUAIS SERIAM OS APELIDOS CARINHOSOS QUE VOCÊS DARIAM ÀS PESSOAS QUE CUIDAM DE VOCÊS?

- Mamãe
- Mãezona
- Cute-Cute
- Paizão
- Querida
- Papi
- Papito
- Painho
- Meu Bem
- Nenê
- Mainha
- Mamis

SLIDE 12.14

QUAL DESSES SENTIMENTOS SE CORRELACIONA COM OS TRECHOS A SEGUIR?

- Amor
- Gratidão
- Admiração
- Esperança

Lorena escreveu em seu diário sobre o dia mais feliz da sua vida. Tudo começou numa manhã de domingo quando ela recebeu uma visita surpresa da tia e primas que há tempos não via. Naquele dia, Lorena acordou e foi até a cozinha onde encontrou as suas visitas lhe esperando para um café da manhã em família. O reencontro foi marcado por um abraço muito apertado e então se sentaram à mesa para tomar café da manhã. Naquele momento, o pensamento de Lorena estava totalmente presente naquela situação e nada mais a preocupava.

Após o café, Lorena e as primas foram brincar no quintal e depois de algumas horas, estavam exaustas de tanto correr, quando o pai de Lorena apareceu com uma jarra cheinha do suco que elas mais gostavam. A alegria foi tão grande que elas abraçaram o pai.

SLIDE 12.17

Lorena estava tão cansada que a única coisa que conseguiu fazer após tomar o seu suco foi deitar na grama verdinha, com as mãos por trás da cabeça, olhar para o céu, percebendo toda a sua beleza e, ao mesmo tempo, revendo em sua mente toda essa situação que acabara de viver.

SLIDE 12.18

O dia seguiu assim, cheio de boas aventuras. Assim que anoiteceu, o tio de Lorena chegou em sua casa para buscar sua tia e primas, Lorena deu um longo abraço em cada uma e guardou no seu coração o que elas lhe disseram: "nos vemos no próximo final de semana".

ATENTE À HISTÓRIA A SEGUIR...

Robson costumava ser o melhor jogador do seu time. Ele jogava há muito tempo no time da escola e soube que um olheiro iria observá-lo no próximo jogo. Todo mundo ficou um pouco surpreso, porque, afinal, os olheiros não avisam quando vão observar um time jogando. Mas, por algum motivo, essa informação havia vazado. Ao saber da notícia, Robson comentou com o seu grande amigo e parceiro de jogo, Kleber: "Mano, essa é a chance da minha vida!" E o Kleber falou "Vai que é tua moleque, é nóis!" Eles eram amigos inseparáveis! Mas o Kleber tinha possibilidade de ter outros sonhos para sua vida e o Robson por enquanto não. O Kleber, além de estar no último ano do ensino médio, também tinha uma família que poderia pagar para ele a faculdade.

SLIDE 12.21

Robson, por sua vez, depositava no futebol a esperança de um futuro melhor, já que não podia contar com o apoio financeiro de sua família para custear sua formação.

O grande dia chegou e o olheiro estava lá observando justamente à final do campeonato onde os garotos jogavam. Diziam que Robson seria o artilheiro do time, no entanto, o nervosismo era tanto que ele não conseguia fazer um gol. Haviam se passado 40 minutos do segundo tempo e nada! Foi quando Kleber, de cara para o gol, deu o passe para Robson. Ele poderia ter feito aquele gol, mas preferiu dar a chance ao amigo. Robson então, deu o melhor de si, fez um lindo gol de bicicleta impressionando o olheiro e a todos os que assistiam. Aquele dia mudou sua vida e ele foi escolhido para fazer fazer parte do time que tanto sonhava. Passado alguns meses, Robson não esquecera a atitude do amigo, e já em sua nova vida como jogador profissional, fez uma surpresa para o amigo, oferecendo a Kleber e sua família uma semana inteira num hotel com os jogadores do seu time.

SLIDE 12.22

QUAIS SENTIMENTOS ESTÃO ENVOLVIDOS NA HISTÓRIA?

QUAIS SENTIMENTOS ESTÃO ENVOLVIDOS NA HISTÓRIA?

- Amor
- Gratidão
- Amizade
- Altruísmo...

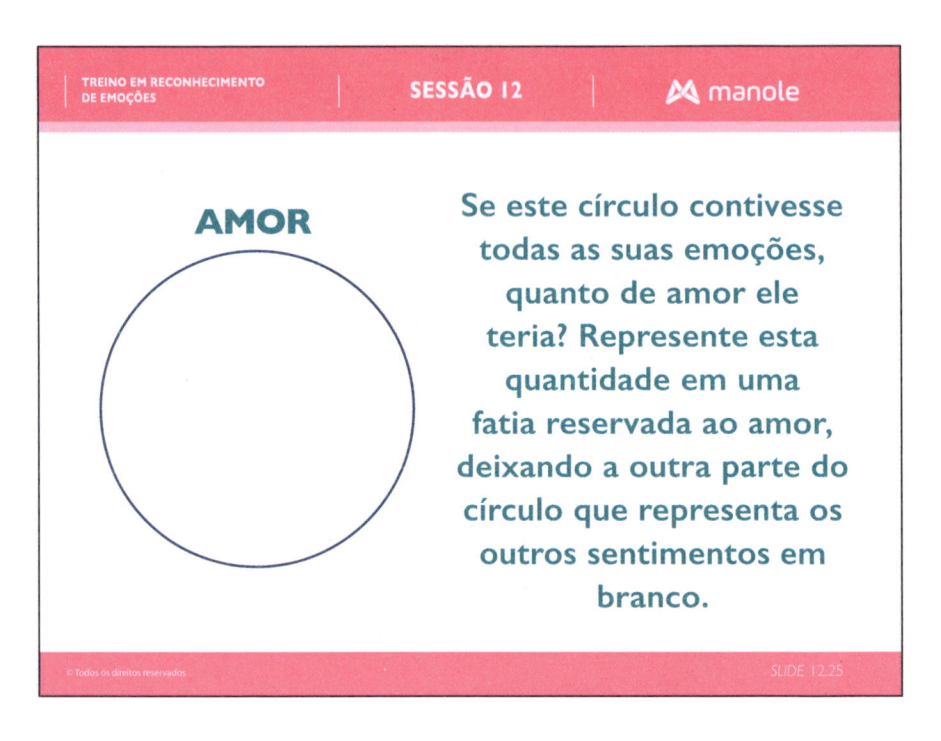

ANEXOS
Aplicação das emoções e/ou sentimentos

Alegria	"Este é provavelmente o momento mais feliz da minha vida."
	"Uma colherada de açúcar ajuda a engolir o remédio."
	Compaixão, alívio, diversão, paz, felicidade, excitação, êxtase, maravilha.
Raiva	"Retruquei quando me disseram que o tempo havia terminado."
	Discussão, exasperação, frustração, irritação, rancor, vingança, fúria. Desencadeada por um sentimento de estar impedido em uma situação.
Nojo	"Ver alguém vomitar também me causa náusea."
	Abominação, aversão, repugnância, desagrado, aborrecimento, asco e descontentamento. Desencadeados pela sensação de que algo é tóxico.
Surpresa	"Eu não esperava por esse presente..."
	Espanto, traição, assombro, choque, admiração, abalo, sobressalto, susto. É o que se sente quando algo inesperado acontece.
Medo	"Onde minha mãe está?"
	Inquietação, nervosismo, ansiedade, desespero, pânico, temor, terror, angústia. Desencadeados por sentir uma ameaça de perigo.
Tristeza	Envolve desapontamento, desânimo, impotência, desesperança, tribulação, desalento, pesar, angústia, desencadeados por um sentimento de perda.
Desprezo	"Não compreendo por que mente tanto."
	Desdém, descaso, depreciação, desafeição, altivez, vaidade, orgulho. Quem sente desprezo se sente superior a algo ou alguém.
Amor	Afeição, carinho, honestidade, confiança, sinceridade, amizade, compreensão, saudade.

Fatos emocionais: Por que me senti assim? Onde eu estava? Com quem estava? Estava com fome, frio, doença?

_____
_____
_____

Aplicando a mim: Onde senti? E se pudesse olhar debaixo da pele e ver as mudanças em mim? Interpretei verdadeiramente essa emoção de que maneira? Como isso contribuiu para aumentar a intensidade das minhas reações?

_____
_____
_____

Como agi vs. como poderia ter agido?

_____
_____

Como melhorei? Como vou montar um plano para mudança?

_____
_____
_____

Fonte: adaptado de: http://atlasofemotions.org/#continents/. Ekman, s.d.

Situações, pensamentos, reações e comportamentos

ALEGRIA			
1) Por que me sinto assim? (Situações)	2) O que penso imediatamente a respeito? (Pensamentos)	3) Onde sinto? (Reações)	4) O que faço quando estou com essa sensação? (Comportamentos)
( ) Estou próximo a pessoas queridas. ( ) Quando quero compartilhar a alegria. ( ) Consegui realizar uma tarefa. ( ) Quando eu faço algo de que eu gosto. ( ) Consegui algo que eu queria muito	( ) Estou sendo bem cuidado. ( ) Estou muito alegre. ( ) Sinto-me capaz. ( ) Eu posso, eu consigo. ( ) Estou honrado.	( ) Mudanças nas minhas expressões faciais. ( ) Calor no corpo inteiro. ( ) Sensação de leveza e conforto. ( ) Coração disparando. ( ) Respiração mais rápida. ( ) Arrepios.	( ) Canto. ( ) Danço. ( ) Dou risadas. ( ) Agradeço. ( ) Fico receptivo, disposto. ( ) Fico motivado.
Fraco	Médio		Forte

(continua)

ALEGRIA (continuação)

Escreva uma situação que lhe deixou ou deixa alegre, a sua reação frente a ela e aponte a força em que apareceu.

_____

_____

_____

_____

_____

_____

_____

_____

_____

TRISTEZA

1) Por que me sinto assim? (Situações)	2) O que penso imediatamente a respeito? (Pensamentos)	3) Onde sinto? (Reações)	4) O que faço quando estou com essa sensação? (Comportamentos)
( ) Fui deixado pelo melhor amigo.	( ) Fui abandonado por alguém.	( ) Braços e pernas pesados.	( ) Isolo-me.
( ) Perdi alguém próximo.	( ) Sou culpado de algo.	( ) Indisposição.	( ) Desisto de tudo.
( ) Fiquei de castigo.	( ) Estou me sentindo sozinho.	( ) Aperto no peito.	( ) Alimento a tristeza.
( ) Levei uma bronca da professora.	( ) Nunca serei bom o suficiente.	( ) Falta de ar ou tontura.	( ) Não tenho vontade de fazer nada.
( ) Fui acusado injustamente.	( ) Fui injustiçado.	( ) Um vazio.	( ) Choro um pouco ou muito (às vezes sem controle).
( ) Fui envergonhado publicamente.	( ) Ninguém vai gostar de mim.	( ) Falta ou aumento no apetite.	( ) Fico pensativo e reflexivo.
Fraco	**Médio**		**Forte**

Escreva uma situação que te deixou ou deixa triste, a sua reação diante dela e aponte a força com que apareceu.

_____

_____

MEDO

1) Por que me sinto assim? (Situações)	2) O que penso imediatamente a respeito? (Pensamentos)	3) Onde sinto? (Reações)	4) O que faço quando estou com essa sensação? (Comportamentos)
( ) Vejo um filme de terror.	( ) Uma cena aterrorizante.	( ) Um calor no peito.	( ) Não quero ficar sozinho.
( ) Meu melhor amigo tem outros amigos.	( ) E se eu for abandonado ou deixado?	( ) A respiração acelerada.	( ) Tenho pesadelos.
( ) Meu melhor amigo mudou-se para longe.	( ) E se eu ficar sem meus amigos?	( ) Os batimento cardíacos aumentados.	( ) Tenho vontade de fugir.
( ) Ouço barulhos altos.	( ) Algo ruim que pode acontecer.	( ) A voz rápida e alta ou baixa.	( ) Fico apreensivo.
( ) Sou ameaçado, coagido.	( ) Um acidente grave pode acontecer.	( ) Os músculos contraem.	
( ) Estou em risco.			
Fraco	Médio		Forte

O que faço? Escreva uma situação que te deixou ou deixa com medo, a sua reação diante dela e aponte a força com que apareceu.

_____

_____

RAIVA

1) Por que me sinto assim? (Situações)	2) O que penso imediatamente a respeito? (Pensamentos)	3) Onde sinto? (Reações)	4) O que faço quando estou com essa sensação? (Comportamentos)
( ) Sou xingado ou agredido fisicamente.	( ) Estou nervoso.	( ) Enrijecimento.	( ) Critico ou reclamo.
( ) Perco no jogo.	( ) Fui desrespeitado.	( ) Cabeça quente.	( ) Fico intolerante a perdas.
( ) Sou criticado.	( ) As coisas não saíram como eu esperava.	( ) Sensação de que vou estourar.	( ) Dou murros na parede.
( ) Fico de castigo.	( ) Que estou sendo injustiçado.	( ) Minhas mãos se fecham.	( ) Vontade de esmurrar alguém ou algo.
( ) Sou ameaçado.		( ) Vontade de chorar.	( ) Grito.
Fraco	Médio		Forte

Escreva uma situação que te deixou ou deixa com raiva, a sua reação diante dela e aponte a força com que apareceu.

_____

_____

DESPREZO

1) Por que me sinto assim? (Situações)	2) O que penso imediatamente a respeito? (Pensamentos)	3) Onde sinto? (Reações)	4) O que faço quando estou com essa sensação? (Comportamentos)
( ) Sou ignorado. ( ) Quando não percebem que estou triste ou precisando conversar. ( ) Mentem pra mim.	( ) Sou o maioral. ( ) O outro é inferior. ( ) O sentimento ou a dor dos outros não importam. ( ) Sou sempre o melhor em tudo. ( ) Meus desejos são mais importantes.	( ) Dou de ombros para o sofrimento alheio. ( ) Olhar altivo (superior). ( ) O peito esquenta (incha).	( ) Ignoro o outro. ( ) Julgo o outro. ( ) Ajo com raiva. ( ) Desdenho o outro. ( ) Ignoro o sentimento ou a dor do outro.
Fraco	Médio		Forte

Escreva uma situação que te deixou ou deixa com desprezo, a sua reação diante dela e aponte a força com que apareceu.

_____

_____

SURPRESA

1) Por que me sinto assim? (Situações)	2) O que penso imediatamente a respeito? (Pensamentos)	3) Onde sinto? (Reações)	4) O que faço quando estou com essa sensação? (Comportamentos)
( ) Encontro alguém querido de forma inesperada. ( ) Ganho um presente inesperadamente. ( ) Sou abordado repentinamente. ( ) Encontro um animal perigoso.	( ) Não posso acreditar. ( ) Eu não esperava!	( ) Olhos abrem. ( ) Boca abre com formato oval. ( ) Frio na barriga.	( ) Solto um suspiro alto. ( ) Cubro o rosto ou a boca com as mãos.
Fraco	Médio		Forte

Escreva uma situação que te deixou ou deixa com desprezo, a sua reação diante dela e aponte a força com que apareceu.

_____

_____

NOJO

1) Por que me sinto assim? (Situações)	2) O que penso imediatamente a respeito? (Pensamentos)	3) Onde sinto? (Reações)	4) O que faço quando estou com essa sensação? (Comportamentos)
( ) Vejo uma pessoa vomitar. ( ) Vejo a saliva do outro. ( ) Sinto cheiro podre. ( ) Ouço uma pessoa falando mal do(a) seu(sua) melhor amigo(a). ( ) Vejo ou toco em sujeira.	( ) Estou contaminado. ( ) Tenho que me afastar do que me traz aversão.	( ) Ânsia de vômito. ( ) A garganta esquenta. ( ) A língua sai da boca. ( ) Sensação de embrulho no estômago.	( ) Afasto-me do que traz o nojo ou a aversão. ( ) Tento controlar a náusea, cuspo. ( ) Cubro o nariz. ( ) Tomo banho ou lavo as mãos.
Fraco	Médio		Forte

Escreva uma situação que te deixou ou deixa com nojo, a sua reação diante dela e aponte a força com que apareceu.

_____

_____

ANEXOS – 11

AMOR

1) Por que me sinto assim? (Situações)	2) O que penso imediatamente a respeito? (Pensamentos)	3) Onde sinto? (Reações)	4) O que faço quando estou com essa sensação? (Comportamentos)
( ) Sou acolhido. ( ) Sou reconhecido. ( ) Sou ajudado em um momento importante ou difícil. ( ) Sou valorizado. ( ) Tenho amigos.	( ) Sou amado. ( ) Fui compreendido. ( ) Sou querido. ( ) Sou cuidado. ( ) Não estou só. ( ) Estou seguro. ( ) Desejo o bem.	( ) Um relaxamento. ( ) Tranquilidade. ( ) Sensação de que estou preenchido.	( ) Beijo. ( ) Abraço. ( ) Digo que amo. ( ) Desejo o bem. ( ) Acaricio. ( ) Aproximo-me de quem gosto.
Fraco	Médio		Forte

Escreva uma situação que te deixou ou deixa sentindo amado, a sua reação diante dela e aponte a força com que apareceu.

_____

_____

Adaptado de: Lineah para pacientes; Ekman, s.d.

ANEXOS – 12